걱정 말아요, 제가 돌고 있어요

걱정 말아요,
제가 듣고 있어요

114 상담사의 마음 청취법

김연진 지음

글의온도

수많은 고객을 만나면서 함께 웃고 울었다.

누군가에게 도움이 되었다고 생각하는 날은

뿌듯함에 미소가 절로 나온다.

내가 계속 상담사를 하는 이유 중 하나다.

차례

고객님, 걱정 마세요

누군가에겐 감정노동자, 우리는 감정능력자

114 존재의 이유

20년 나의 청춘을 함께한 114

500만 명에게서 들었습니다

"연진아, 너 요새 뭐해?"

"나? 114에 근무해."

"114? 114가 아직도 있어?"

초등학교 동창회에서 친구들의 첫 질문은 요즘 무슨 일하는지, 직장이 어딘지로 시작되었다. 내가 114 콜센터에서 일한다고 하면 멀리 있는 친구들까지 놀라며 나를 쳐다보았다. 그 눈빛에는 두 질문이 들어 있었다.

114가 아직도 있구나 하는 의구심!

첫 직장 114에 아직도 다닌다는 것에 대한 놀라움!

사실, 우리가 인식하지 못해서 그렇지 사람들이 자주 애용하는 여러 회사의 '콜센터'라는 시스템도 114의 한 종류다. 콜센터에 전화하면 대부분 먼저 기계음으로 ARS 자동응답시스템을 만나고, AI 상담사를 도입한 콜센터도 있다. 젊은이들은 스마트폰이나 인터넷 검색을 통해 쉽고 편리하게 궁금증을 해결하지만, 지금도 여전히 자동응답시스템이 두렵고 싫은 디지털 소외층과 어르신들이 있다.

114는 365일 24시간 내내 ARS가 아닌 사람이 직접 받는 콜센터다. 사람 사이에 정을 나누며, 따뜻한 음성으로 86년간 제자리를 지키고 있다. 나는 그중 20년 동안 114에서 근무했다.

114는 나의 첫 직장이다. 하루에 많게는 1,800명 이상 콜을 받은 적이 있다. 1,800통 이상 전화 통화를 했다는 뜻이다. 수많은 고객을 만나면서 인생을 배웠고 깨닫는 것도 많았다. 지난 20년 동안 하루 평균 1,000통으로만 잡아도 1년에 25만 명, 20년 동안 무려 500만 명의 인생과 대면했고, 그들의 이야기를 들었다.

콜센터에서 일하는 사람들을 '감정노동자'라고들 한다. 그렇다. 우리는 감정노동자이다. 고객 응대를 하면서 화가 나거나 또 개인적으로 힘들고 슬픈 일이 있더라도, 고객에게 폭언을 들어도 우리는 감정을 숨기고 드러내지 말아야 한다. 하지만 나는 '감정노동자'라고 말하고 싶지는 않다. 오히려 내 감정을 다스리는 사람이라고 말하고 싶다.

어느 날, 내 인생에 선물과도 같은 날이 찾아왔다. 2021년 5월, 회사를 통해 tvN 예능 프로그램 〈유 퀴즈 온 더 블럭〉에서 106회 '인생 N회차' 출연자를 찾는다는 연락이 온 것이다. 조건은 "한 직장에서만 20년째 장기근속자"를 찾는다는 것이었다. 그에 딱 맞는다고 해서 '114상담사 대표' 김연진으로 출연하게 되었다. 콜센터 상담사의 감정노동과 전화기 너머 소통의 중요성 그리고 114를 알릴 좋은 기회가 온 것이다. 방송 이후 콜센터 상담사들과 서비스직에 종사하시는 분들의 공감과 반응이 뜨거웠다. 그리고 출판사에서 연락이 왔고 책까지 쓰게 되었다.

책을 쓴다는 것이 이렇게 자신을 깊이 돌아보는 계기가 될 줄은 몰랐다. 혼자 책을 쓰면서 엉엉 울기도 하고, 미친 것처럼 웃기도 했다. 코로나 때문에 재택근무로 114 콜을 받으며 일하고, 육아와 집안일을 하면서 짬짬이 글을 썼다. 하지만 그 시간은 정말 너무 행복했고, 컴퓨터 앞에 앉아 생각하고 글을 쓰는 그 시간은 인생에 또 다른 위로와 깨달음을 주었다.

수많은 고객을 만나면서 고객과 함께 웃고 울었다. 힘든 날도 있었고 행복한 날도 있었다. 이 책에는 20년 동안 114에 근무하면서 만난 고객들의 희로애락이 담긴 에피소드와 함께 누구나 고민하고 공감할 만한 회사 생활과 대인관계 이야기 그리고 가족과 인생 이야기가 녹아들어 있다.

나를 이 자리에 있게 해준 114가 진심으로 고맙다. 무엇보다 오래도록 잊지 않고 114를 찾아주시는 고객들께 감사하다. 인생에서 새로운 것을 도전해볼 기회를 주신 글의온도 출판사 식구들과 최은희 본부장님께도 깊이 감사드린다.

매일 천 명이 나를 찾는다

운명을 바꾼 종소리

"넌 꿈이 뭐야? 장래희망은?"

학창 시절 제일 많이 들었던 말 중 하나였다.

장래희망을 쓰는 네모 칸에는 초등학교 6년 내내 줄곧 '선생님'이라고 적었다. 학창 시절 나를 떠올려보면, 사람들 앞에서 발표하는 것을 두려워하지 않고 그 순간을 참 즐거워했던 아이였다. 대화하고, 공감하고, 도와주고, 가르치는 것이 적성에 맞는다고 생각했다. 책을 읽으며 구연동화 들려주는 것이 좋았고, 텔레비전에 나오는 기상캐스터나 아나운서, 탤런트, 영화배우, 리포터, 라디오 DJ들의 목소리를 듣고 따라 하면서 왠지 이쪽 일을 하면 좋겠다고 생각했다.

중학생 때쯤 시티폰이 나오더니 곧 핸드폰이 출시되면서 친구들이 무선호출기(일명 삐삐)에서 하나둘씩 핸드폰으로 갈아타기 시작했다. 나도 중2 때부터 핸드폰을 가지고 다녔다. 그러면서 궁금한 점이 있으면 핸드폰 콜센터에 자주 전화했고, 전화를 끊고 난 후에는 예쁘고 다정다감한 상담사 언니들 목소리가 귓속을 자꾸 맴돌았다. 나도 모르게 중독성 있는 그 음성을 자주 따라 했다. 집에서 혼자 연습하다가 친구들 앞에서 들은 그대로 흉내 내기도 했다. "행복을 드리는 ○○텔레콤 상담사 김연진입니다. 무엇을 도와드릴까요? 고객님~!"하면 친구들이 까르르 뒤로 넘어가면서 "야야! 완전 똑같아. 김연진 대박, 대박!"하면서 웃고 손뼉 치던 기억이 아직 생생하다. 그때는 아무도 몰랐겠지? 그 김연진이 진짜 상담사가 될 줄이야!

그렇게 난 고3을 맞이했고 대학교 전공을 정했다. 친한 친구와 함께 고민 끝에 어릴 적 꿈과는 무관하게 부동산과에 함께 원서를 넣었다. 당시 전망이 한창 좋았고 또 부동산 경기가 호황인 때라 우리는 미래 전망을 고려해 현실과 타협했다. 다행히 합격은 했지만, 부동산법은 생각보다 어려웠고, 공부할 것도 너무 많았다. 그때는 공부보다는 캠퍼스의 자유로움과 축제, MT, 동아리, 과 친구들 모임 등 낭만 만끽에 더 관심이 많았다. 결국, 부동산 관련 자격증은 못 땄지만 후회하지는 않는다. 아직도 대학교 친구들과 좋은 우정을 나누며 지내고 있고, 그 시절의 추억과 크고 작은 경험은 자격증보다 더 값진 것을 나에게 주었다.

전문대학에서 2년을 공부하고 졸업을 몇 개월 앞둔 늦가을쯤, 동기들은 하나둘 취업을 나가고, 졸업을 준비하기 시작했다. 나 또한 잠시 '멘붕'이 왔다. 재미있고 즐거운 추억도 많이 쌓고 아르바이트도 많이 하면서 바쁘게 보냈는데 정작 졸업 후 내 진로에 대해서는 무심했다는 생각이 들었다. 취업하는 동기들을 보면서, 현실에 눈을 뜨기 시작했고 살짝 불안한 마음도 들었다.

그러던 어느 날, 평소 즐겨보던 〈이경실 이성미의 진실게임〉이라는 프로그램을 보고 있었는데, "진짜 114 안내원은?" 편이 방송되고 있었다. 그때 가슴 한편의 찌릿한 전율을 잊을 수 없다. 잊고 지내던 학창시절 기억이 소환되었던 것이다. 저 깊은 곳에서 꾸물꾸물 뭔가가 용

솟음치기 시작했다. '아, 맞다! 나도 114 상담사 하면 정말 친절하고 예쁜 음성으로 잘할 것 같은데'라는 생각이 들었고, 또 너무 재미있고 적성에 맞고 후회 없는 선택일 것 같으며 내 길이라는 확신이 들어 가슴이 콩닥콩닥 뛰었다.

그리고 바로 컴퓨터를 켜고 '114 상담사'를 검색하고 모집공고를 찾으며 정보를 수집했다. 나는 집이 서울이었고, 가까운 114 본부는 서울과 경기 본부였는데, 집에서 10분 거리에 있는 서울 본부는 아쉽게도 모집공고가 마감되고 경기 본부는 이제 사람을 뽑기 시작한 무렵이었다. 출근 시간 1시간 40분 예상, 출퇴근 시간만 3시간이 훌쩍 넘었지만 한 치의 망설임 없이 사진관으로 가서 이력서 사진을 찍고 입사 원서와 자기소개를 준비했다. 지금 경기 본부에서 114 상담원을 모집한다는 사실 자체가 다행이고 꿈만 같아 정말 기쁘고 감사했다. 그냥 다 좋았다. 하늘도 예뻐 보이고 내가 벌써 상담원이 된 것 같은 기분이었다. 누구에게도 말하지 않고, 심지어 부모님께도 한마디 상의 없이 원서를 제출했다. 1차 서류 심사를 통과하고, 2차 실기테스트, 3차 면접까지 모두 합격!

하지만 바로 114 상담원이 되는 것은 아니었다. 한 달간 빡빡한 교육을 받아야 했다. 그 교육을 최종 통과해야만 정식으로 상담원이 될 수 있었다. 사내 CS 강사들이 하나부터 열까지 꼼꼼하고 정확하게 준비한 교육이 4주간 진행되었고, 테스트도 많았으며, 중간에 포기하는 교육생도 있었다. 발음 교육, 미소 교육, 음성 교육과 지도 및 행정구역, 상호, 업종 숙지 및 마인드 교육, 실제 콜 받아보기 등등, 매일 9시부터 6시까지 4주간 교육 기간은 눈코 뜰 새 없이 바쁘고 힘들었지만 최선을 다했다. 열정적으로 교육하는 강사들의 모습이 참 멋있어 보였다. 교육받으면서 강사들께 칭찬도 많이 듣고 시험 성적도 좋아 뿌듯했고 자신감도 생겼다.

그렇게 4주 교육이 끝나고, 같은 기수들과 각각 다른 과와 팀으로 실전 배치되어 정식 114 상담원이 되었다. 아직도 기억난다. 맨 앞자리에 앉아 허리를 꼿꼿이 세우고 솔음 sol音 음성으로 미소를 지으며 "안녕하십니까?"를 열정적으로 외치던 내 모습! 한 콜, 한 콜, 한 자, 한 자 놓치지 않으려고 귀를 쫑긋 세우고 집중하며 긴장하던 신입 사원 김연진! 이런 꾀꼬리 같은 목소리는 처음 듣는다는 분도 있었고, 또 어떤 고객님은 쟁반에 옥구슬

굴러가는 소리가 이런 소리일 거라고도 했다.

그런 말씀 한 마디 한 마디가 용기와 힘이 되었고, 자존감과 가치를 높여주었다. 물론 힘들고 어려운 일도 있었지만, 그런 격려와 칭찬이 지금까지 114에서 20년간 일할 수 있도록 해준 힘이 되었다. 엄마도 새벽같이 출근하는 내 모습이 그렇게 행복해 보일 수 없었다고 추억한다. 피곤하고 힘든 기색 하나 없이 "엄마 다녀올게" 하고 손 흔들며 버스 정류장으로 뛰어가는 내 모습이 그렇게 신나 보였다고.

그렇게 좋았다. 그저 스쳐 지나가는 방송 프로그램 하나가 내 인생의 큰 방향을 결정지은 종소리가 되었다.

무대에 서는 것처럼

    항상 솔음을 내고 응대 도중 웃음소리가 들어가야 평가 점수가 잘 나오는 시절이 있었다.

    시대 흐름에 따라 114 서비스 매뉴얼도 변화되고 바뀌는데, 그때는 고객에게 힘을 실어주고 밝고 활기찬 미소와 음성이 평가 기준이었다. 온종일 솔음으로 1500통 이상의 전화를 받는 것은 쉬운 일이 아니었다. 퇴근해 집에 오면 긴장이 풀리고 목에 뭔가가 걸린 것 같은 느낌이 자주 들었다. 그래서 목을 최대한 아끼고 목 관리를 철저히 했다.

목캔디, 따뜻한 물, 도라지차 등 자기 기호에 맞는 목 관리 방법을 터득하고, 가습기와 화분 등 건조함을 덜기 위해 노력했다. 감기에 걸리면 진짜 큰 문제였다. 환절기에는 목에 스카프를 동여매고 응대하는 직원이 종종 눈에 띄었는데, 코감기라도 걸리면 중간중간 코를 풀어야 해서 너무 힘들고 불편했다. 기침이 날 때는 혹여나 고객의 귀에 기침 소리가 들릴까 봐 노심초사하면서 전화를 받았다. 컨디션이 최악이거나 안 좋은 일이 있거나 슬픈 일이 있으면, 웃으며 응대한다는 게 유난히 힘들게 느껴졌다.

　　어느 날이었다. 심한 목감기가 와서 편도가 붓고 침 삼킬 때도 따끔거리고 아파서 다음 날 휴가를 신청한 뒤, 겨우겨우 버티며 일하고 있었다. 목캔디를 먹으면 그나마 도움이 되어서 조그맣게 잘라 살살 녹여가며 조심히 응대하던 중이었다. 그런데 나도 모르게 사탕이 또르르 굴러갔는데 그 소리가 들렸는지 갑자기 여성 고객이 "저기요? 지금 뭐 먹어요?" 하는 것이었다. 순간 아찔했다. 민원으로 이어질 수도 있어서 대처를 잘해야겠다고 생각했고, 우선 죄송하다는 말과 함께 솔직하게 얘기했다. 감기가 심하게 걸려 목이 너무 아파 목캔디를 먹있는데 불편을 드려 죄송하다고 말씀드렸다. 다행히 민원으로 이어지지는 않았지만, 식은땀이 났던 순간이었다. 예민한 고객은 응대 중 말투 하나 소리 하나에도 민감하게 반응하므로 특히 조심해야 한다.

이런 날도 있었다. 이모부가 돌아가셔서 장례를 치르고 다음날 출근했는데, 응대 중에 자꾸만 주체할 수 없이 눈물이 흘렀다. 휴지를 옆에 두고, 닦고 또 닦아도 계속 흐르는 눈물. 엄마 바로 동생의 남편이었고 가깝게 지내 정이 많이 쌓여서 그랬는지 슬픔이 너무 컸다. 참 힘들었던 하루로 기억하는 날이다.

대학 시절, 아르바이트를 많이 했는데 그중 하나가 친구들 3명과 함께한 대학로 소극장 개그 공연 홍보였다. 대학로를 지나는 행인들에게 무작정 말을 걸어, 공연을 홍보하고 티켓 가격을 흥정하며 관객을 모집하는 일이었다. 대학로 조그만 소극장에서 하는 〈개그콘서트〉라는 공연이었다.

그때 많은 것을 배웠다. 홍보하면서 행인들을 보며 사람 심리와 성격을 많이 알게 되었고, 무대 공연하는 무명 배우들과 개그맨, 개그우먼들과도 대화 기회가 잦

왔다. 그리고 같이 아르바이트하는 언니 오빠들도 꽤 많았기 때문에 여러 경험과 이야기를 들을 수 있었다. 모르는 사람을 갑자기 붙잡고 말을 건다는 것이 처음에는 참 어려웠지만, 하면 할수록 노하우를 터득하고 말도 술술 나왔다. 관객을 많이 모집할수록 건당 알바비가 올라갔기 때문에 돈 버는 재미 또한 쏠쏠했다. 그러면서 무명의 개그 지망생 모습도 많이 보았고, 그분들과 식사도 함께하고 자연스럽게 이야기도 나누었다. 비록 무명이었지만, 정말 그 누구보다 가치 있고 열정적이었으며, 무대에서만큼은 온몸에 땀을 뻘뻘 흘리며 자신의 모든 에너지를 활화산처럼 쏟아내며 폭발적인 개그를 선보이던 그들의 모습은 정말 빛나고 멋있고 벅차고 행복해 보였다. 그중에 지금은 아주 유명해진 개그맨도 여러 명 있다.

그들은 아무리 힘들고 슬픈 일이 있어도 무대에 한 번 올라가면 자기감정을 숨기고 앞에 있는 관중을 위해 웃겨야 한다. 그 순간은 자신이 주인공이 아니고 관객이 주인공이다.

상담사가 되고 나서, 불현듯 우리도 비슷한 결의 일을 하다는 생각이 들었다. 아프거나 슬프거나 우울할지라도 해도 밝은 음성으로 웃으면서 응대하는 상담사와, 그들의 모습이 교차해 지나갔다. 그런 면에서 어쩌면 비슷하다는 그런 동질감. 우리는 그만큼 자기 일을 사랑하고 만족하고, 충분히 행복하고 역동적이고 강한 프로다.

고객님, 죄송합니다

솔직히 이 정도로 힘들 줄은 정말 몰랐다. 배우면
배울수록, 안내하면 할수록 더 어려워지는 것은 왜일까?
더 잘하고 싶고 실력도 빨리 키우고 싶은데, 정말 외울
것도 많고 지역명은 왜 이렇게 많은지. 114 상담원들을
보면 순발력, 기억력, 융통성, 집중력, 인내심은 기본적으
로 있어야 하고 거기에 예쁜 음성과 친절한 마인드까지
갖춰야 하니, 내가 너무 쉽게 생각한 건 아닌가? 이런 생
각이 들기 시작했다.

114 입사 전에는 지역에 대해 별 관심이 없었지만,

교육을 받고 본격적으로 일하기 시작하면서 우리나라의 지역 이름이 정말 많고 다양함을 알게 되었다. 서울 지역에는 총 25개 구와 522개 행정동, 472개 법정동이 있고, 경기도는 28개 시와 3개 군, 강원도는 7개 시와 11개 군으로 이루어져 있다.

고객이 문의하는 지역, 상호, 업종 등을 잘 듣고 정확하고 신속하게 전화번호를 안내해야 하는 서비스이므로 지역명을 잘 숙지해야 매우 유리하다. 하지만 교육 기간에 시험 보기 위해 벼락치기로 외웠던 실력으로는 실전에서 턱없이 부족했다. 처음 입사 시절에는 경기도에서 교육을 받았기 때문에 경기도 지역을 위주로 학습하고 몇 달 후 서울 본부로 와서 다시 서울 지역 위주로 안내했지만, 서울에서도 경기 지역까지 맡아 안내해야 했으므로 여전히 지역 부분이 헷갈리고 어려웠다. 더군다나 지역을 잘못 알아듣고 안내하면 민원이 들어올 수 있어서 더욱 신중해야 했다.

고객 발음이 부정확하거나 주변이 시끄러우면 잘 안 들렸으므로 재요청 멘트로 "고객님 죄송합니다, 다시 한번 말씀해주시겠습니까?"를 수없이 사용했다. 재요청 멘트를 하면 내가 송구할 정도로 3~4번 다시 친절하게 말해주는 고객이 있는가 하면(정말 눈물 나게 감사했다) 딱한 번 요청했는데 "아, 진짜 왜 이렇게 못 알아들어요? 바빠 죽겠는데!"라고 말하는 고객도 있다. 신입 때는 이런 고객이 너무 무서웠다. 그러면 나도 모르게 기가 죽고 의기소침해져서 어쩔 수 없이 또 "죄송합니다"를 연발했다. 하지만 이제 고객 음성을 들으면 고객 성향이 대충파악된다. 급한 성격인지, 고지식한지, 무난한지, 까다로운지, 상담원보다 더 친절한지 등등 고객 성향을 파악하여 거기에 맞게 응대하는 요령도 익혔다. 어떻게 보면 눈치가 빨라야 하는 직업이다.

지금은 고객 편의를 위해 생활 정보도 안내하지만, 2000년도 초반 스마트폰 도입 전까지 114는 전화번호만 안내했다. 정말 잘 구분해서 안내해야 하는 부분 중하나가 중복 지역명인데, 대표적으로 신사동은 서울에 관악구, 강남구, 은평구 총 세 군데 있으므로 고객이 신사동 ○○○를 문의하는 경우 꼭 상위 지역인 구를 확인해야 한다. 정자동은 경기도에서 수원과 성남에 있고, 논현동은 서울과 인천, 모래내 지역은 인천 구월동과 서울 서대문구 남가좌동과 북가좌동 지역에 있다. 고잔동은 인천시와 안산시에 있다. 이 외에도 중복 지역은 정말 많다.

이렇게 많은 줄 처음에는 몰랐다. 호㈜가 줄면서 서울, 경기, 강원 본부가 서울 본부로 모두 통합되어 3개 본부의 호를 모두 끌어와 받기 시작했다. 처음 강원도 콜이 들어올 때는 그야말로 '멘붕' 자체였다. 서울에서 태어나 서울에서만 살아온 나에게는 여름휴가로만 갔던 강원도 지역은 너무 생소했고, 다시 왕초보 신입 시절로 돌아간 것처럼 버벅대며 "고객님, 죄송합니다, 다시 한 번 말씀해주시겠습니까?"를 수없이 말했다. 강원도에도 중복 지역이 참 많았는데 '교동'만 해도 강릉, 삼척, 속초, 춘천에 있었으므로 정신을 똑바로 차리고 안내해야 했다. 안내 신뢰도가 하락하면 고객들이 114를 이탈하는 경우도 생기므로 잘못된 안내로 민원이 발생하는 일이 없게 하려고 늘 긴장하며 노력했다. 고객 문의를 정확히 경청하고 DB 자료를 빨리 파악해서 정확하고 친절하게 안내할 수 있도록 스스로 공부하고 일할 때는 집중력을 키웠다.

2012년부터 새주소(도로명 주소)를 사용하기 시작하면서 우리는 더더욱 귀를 열어야 했고 실수가 없도록 최대한 신경을 곤두세울 수밖에 없었다. 솔직히 도로명 주소 도입 초기에는 어려운 발음과 생소한 지역명이 너무 많아 안내 현장에서는 고객과의 소통에 애로사항이 적지 않았다.

지역뿐만 아니라 당황스럽고 헷갈리게 하는 상호도 많았다. 개팔자상팔자(애견용품업종), 막창드라마(막창 전문음식점), 아디닭스(치킨 전문점), 덕뿐입니다(오리고기 도매업종), 똥(정화조시설공사업종) 등등 점점 웃기고 패러디 상호들이 많아지는 추세다. 그리고 특히 서울 지역에는 외래어 상호를 내건 회사와 음식점이 다른 지역에 비해 확연히 많으므로 이 외래어 상호는 우리의 멘탈 잡아주기에서 여러 몫을 했다. 붓처스컷(음식점), 바비엥데꼬레(부동산관련 서비스), 까까쿠마르(경양식 음식점), 립합샤일(인터넷 상거래), 라놋떼드지지(경양식 음식점), 아나리틱예나코리아(무역업) 등등. 외래어 특성상 고객과 상담원과의 소통이 매우 중요하고, 고객 필요를 정확하게 파악해 적극적인 응대를 진행하려면 상담원의 응대 스킬이 매우 중요했다.

고객 문의 유형을 보면 기본적으로는 간단한 상호부터 시작해 관공서와 지역+상호, 지역+업종 등 다양한 문의가 이루어진다. 시간대별, 요일별, 시즌별, 계절에 따라 문의 내용에도 변화가 있으며, 도, 시, 구, 군칭, 읍, 면,

동사무소, 우체국, 보건소, 건강보험공단, 국민연금공단, 법원, 검찰청, 경찰청, 세무서, 대학병원 및 종합병원, 유선방송 및 케이블 TV, 3사 가전서비스(삼성, 엘지, 대우), 자동차 판매 및 서비스 센터는 예전부터 고객들이 가장 많이 찾는다.

예전에, 한참 보이스 피싱이 난리였을 때, ○○검찰청에서 전화가 왔다면서 난 잘못한 게 없는데 자꾸 "검찰청으로 출두하라" 한다면서 겁을 먹고 놀라 114에 전화해 하소연하는 고객들이 많았다. 그때 피해를 보고 어떻게 할지 몰라 114에 전화해 울면서 말하던 고객들 목소리를 아직도 잊을 수 없다. 모두 이런 전화를 한 번 이상은 받았을 것이다. 지금은 스팸 번호 차단 서비스와 보이스 피싱 전담 사이버 단속반이 있어 예전보다 많이 줄긴 했지만 새로운 수법의 보이스 피싱이 등장했다는 소식을 종종 듣는다. 특히 나이 많은 어르신을 대상으로 그런 범죄를 악용하는 집단이 늘면서 우리 시아버지도 천만 원 피해를 보셨다. 피해 보상을 받으려고 해도 절차가 매우 까다로워서 참으로 안타까울 때가 많다. 화가 났다. 요새도 어르신들이 114에 전화해서 보이스 피싱이나 스팸에 관해 여쭤보는 경우가 있는데 그러면 최대한 천천히 자세히 설명하며 도움을 드리려고 노력한다.

계속 발전하고 변화하는 21세기를 114가 붙잡을 수는 없지만 우리는 포기하지 않고 오뚝이처럼 힘을 내고 있다. 아직 우리를 찾는 고객이 많고, 그들에게 좋은 서비스를 제공하도록 더 노력할 것이다.

여자들만의 회사

　우리 회사 최고 장점이자 단점을 뽑으라면, 모든 상
담사가 여자라는 것이다. 요새 다른 콜센터에서는 남자
상담사 목소리를 어렵지 않게 들을 수 있다. 하지만 우리
114는 모두 여성이다. 물론 스텝이나 타부서 쪽에는 남
자 직원이 있지만, 상담 현장에는 여자들만 있으니 편한
점이 많기는 하다.

　예를 들어, 여성용품 빌리기, 여자들만의 비밀 얘기
하기, '생얼' 출근, 남성이 있을 때보다 편한 말과 행동, 남
편이나 시댁 이야기, 육아 노하우 등 여자들만의 공감대

가 형성되는 부분이 많아 회사 생활할 때 서로 힘이 되어
준다. 육아용품도 물려받고, 인터넷 공동구매도 같이하
고, 예쁘고 가성비 좋은 옷을 사면 벌써 소문이 쫙 퍼져
서 너도나도 어디서 샀느냐고 몰려든다. 참 재미있는 일
이 많다. 한번은 아귀포가 한참 유행이었는데, 다 같이
아귀포를 사서 온 사무실에 아귀포 냄새가 진동한 적도
있었다. 고구마말랭이, 안마기, 건강 보조식품 등 우리
귀는 한없이 얇고 지갑도 점점 얇아진다.

이렇게 여탕 같은 가족 같은 분위기의 회사가 정말
편하고 정겹고 좋지만, 아무래도 남자들이 없다 보니 다
른 회사보다 사내 커플이 없고(본사나 타부서 직원과 만나
거나 결혼한 직원도 소수 있긴 하다), 결혼을 안 하고 일만
하는 선배들도 있다. 주변에 결혼 안 한 사람이 많으니
더욱 비혼주의가 많아지는 것 같다.

솔직히 난 중간 입장이다. 결혼하고 아이 낳고 한 가
정을 꾸리는 게 행복하고 만족스럽다면 좋지만, 이혼을
너무 쉽게 생각하고, 이혼율이 너무 높은 현실을 볼 때 자
식 있는 부모가 이혼 시 아이가 받는 상처와 고통을 주변
에서도 많이 보았다. 준비가 안 되어 있고 용기가 없다면,
그리고 혼자 사는 게 나쁘지 않다면 그게 맞는 거 같다.

회사에 들어와 신랑을 만나 결혼하고 29살에 첫째 동현이를 임신하고 출산휴가와 육아휴가를 사용했다. 임신했을 때 사내 평가와 교육을 맡고 있었는데, 담당 팀장님이 부르셔서 결정은 내가 하는 것이지만 만약 오래 쉬고 나오면(출산휴가는 3개월, 육아휴가는 1년) 교육팀 자리를 계속 비워둘 수 없으니 다른 부서로 갈 수도 있다고 하셨다. 살짝 고민했지만, 난 그때 신랑한테 콩깍지가 단단히 씌어 있었고 뱃속 아이에게 집중하는 상황이어서, 육아 휴직 1년까지 다 쉰다고 말씀드렸고 타 부서로 가더라도 괜찮다고 했다.

　　팀장님은 정말 나를 위해 하신 말씀이었다. 평소에도 많이 챙겨주셨고, 덕분에 승진도 할 수 있었다. 육아휴직을 하면서 모유 양이 너무 많아서 2~3시간에 한 번씩 계속 유축해야 해서 회사에선 도저히 할 수 없는 상황이었다. 이유식을 할 때는 하나부터 열까지 육수 내고 다지고 으깨고 손수 만들어 먹이고, 사랑과 정성을 듬뿍 담아서 주었다. 참 순수하고 맑은 아이로 자랐다. 아들에게 충분한 사랑을 주었고, 그 사랑을 동현이도 알고 있다.

　　마침 회사 1층에 어린이집이 있어 신청했다. 육아휴직이 끝나고 동현이를 카시트에 태우고 함께 출근했다. 그렇게 동현이와 나는 함께 출근하고, 퇴근했다. 그 이후로 교육팀에서 나와 다시 114 안내서비스를 맡았지만 지금도 참 좋다.

사회생활을 하는 여성들의 큰 고민 중 하나가 이런 것이다. 결혼과 임신 그리고 육아휴가로 인한 불안한 자리. 고민하다가 결국은 하나를 결정하겠지만, 무엇을 선택하든 그 상황에서는 최선일 테니까 너무 고민하지는 말자.

"결혼 안 할 꺼야? 왜?" 아직 결혼 안 한 친구가 있어 물어보았다. 그 친구는 지금이 너무 좋고 행복하단다. 그 의견을 난 존중한다. 각자 자신의 길이 있고, 자기가 맞는 방향으로 가서 행복을 찾으면 된다고 생각한다.

내 나이 이제 마흔, 사람들은 마흔을 불혹不惑이라 한다. 이때는 경험을 통해 쌓은 확신을 바탕으로 스스로 가치 있다고 생각하는 일에 매진하고, 어려움과 혼란 속에서도 바른 정신을 갖고 내가 할 일을 하고, 담담하게 마음 흔들리지 않고 자기 생각대로 걸어가야 하는 나이라고 생각한다. 나도 마흔이 되고 나서 마음가짐이 많이 달라졌다. 둘째를 낳고 나서부디 조금씩 부모로서 책임

감도 더 커지고, 미래에 대한 설계와 고민 등도 한 단계 더 깊어졌다.

살다 보니 감사할 일이 너무 많다. 예전에는 조바심도 많고 승부욕도 넘치고 눈치도 많이 보고 불평불만도 많았는데, 이제는 한발 뒤로 물러나서 생각하고 이해하려고 하는 편이다. 앞으로 한 살 한 살 나이를 먹으면서 또 많은 일이 일어나겠지? 아이들 사춘기도 오고, 부모님 머리는 더 하얘지고, 허리는 점점 구부러지고, 회사와 가정에도 변화가 있겠지만 그 변화를 잘 받아들이고 헤쳐나가기 위해 노력할 것이다.

무너지지 않고 용기 있고, 자신 있게!

각자 방법으로 살아남기

학창시절에도 매일 성적표를 받았는데 회사 와서도 또 성적표로 전전긍긍할 줄이야.

신입 교육 때부터 등급과 성적에 대해 듣기는 했지만, 현실로 다가오니 승부욕이 넘치고 성취감과 의지가 불끈불끈할 때였으므로 정말 잘 해내 좋은 성적을 얻고 싶었다. 다른 동기들도 분명 그랬을 것이다.

한 달 실적을 합산해 등급이 정해지고, 그 등급이 월급, 연봉 또 1년 성과로 이어지기 때문에 매일 매달 본인의 실적 관리는 무척 중요하다. 어쩔 수 없이 누군가는

1등을 누군가는 꼴찌를 해야 하는, 매달 피해 갈 수 없는 그 꼬리표. 한 번의 실수로 등급이 하락할 때도 있고, 정말 눈물 콧물 다 쏟는 모습을 본 적도 많다. 나 또한 그랬다. 근태, 콜수, 친절도 평가, 오誤안내, 불친절, 근무 태도, 안내 정확도 등 한 달간 개인의 총 점수를 100점 만점 단위로 환산 세분화 적용해서 S등급부터 C-등급까지 등급을 매긴다. 또한, 팀별, 과별 실적 경쟁도 무시할 수 없으므로 혹시라도 자기 때문에 팀 전체 실적이 저하될까 봐 받는 스트레스 또한 크다.

S등급을 받기 위한 사투, 정글 같은 세계. 서로 경쟁하고, 누군가는 웃고 누군가는 운다. 우리는 언제까지 경쟁하면서 살아야 할까? 경쟁에 익숙해진 우리 모습이 너무 짠하다. 경쟁에서 자기 한계를 넘지 못하면 누군가는 그러겠지? "쟤는 노력을 안 해! 거기까지인 것 같아." 이런 소리에 자괴감과 상실감에 빠지는 동료들이 많았다.

쭉 S등급을 받다가 A등급으로 떨어졌던 날, 난 하늘이 무너지는 느낌이었다. 그러면서 자신이 참 바보 같다는 생각이 들었다. 나는 왜 이렇게 힘들어하고, 남의 시선을 신경 쓰고, 무엇을 위해 이렇게 싸우는가 하는 생각의 늪에서 헤어나올 수 없었다. 참 얄밉고 이기적인 직원도 있고, 또 한없이 퍼주는 직원도 있고, 그렇게 서로 엉키고 부대끼고, 말도 안 되는 유언비어에 휩싸여 힘든 적도 있었지만 그걸 극복하고 이겨내고 버티고 빠져나와야 함을 깨달았다.

고객에게 상처받고 동료에게 상처받고 상사에게 상처받고 회사를 떠난 동료도 많이 보았다. 물론 엄청난 스트레스와 내부 평가에 구애받지 않고 일하는 직원들도 있다. 친한 동료 중에 그런 동료가 있었는데 한편으로는 신기하고 부럽기도 했다.

겉모습만 보고 사람을 쉽게 판단하는 경우가 많은데 특히 여자들이 많은 회사에서 이런 색안경을 끼고 볼 때가 더 많았다. 아는 언니 한 명은, 신랑과 시댁과의 불화 그리고 친정 엄마에게 안 좋은 일이 생겼는데도 성적은 항상 좋았고 승진도 했다. 그때 그 언니를 보고 정신력 하나는 진짜 대단하구나, 나도 저런 멘탈로 살 수 있을까 생각하며 잠시 흔들리기도 했다. 그 언니가 그냥 독하다고만 생각했는데 속사정을 들어보니 이유가 있었다. 누구나 그 사람을 깊이 겪어보지 않으면 모르는 일이다. 고객에게 응대하는 모습을 보면 무뚝뚝해 보이지만, 막상 가까워지면 정반대일 때도 있다. 나가가고 대화히고 마음을 열고, 그러면 상대도 열어준다. 사회생활을 하면서 대인관계 방법을 하나하나 알아가는 재미가 있었다.

내가 응대할 때 웃음소리와 목소리가 거슬린다고 말하는 언니가 있었다. 너무 나대는 것 같다며 싫어하는 티를 너무 냈다. 우리 회사는 1년에 한 번씩 팀과 조가 바뀌는데 언젠가는 그 언니랑 같은 팀, 같은 조가 되었다. 정말 싫었다. 그러던 어느 날 회식 자리에서 함께 애기하고, 술도 한잔했다. 그런데 상상 이상으로 나랑 잘 맞는 게 아닌가? 그렇게 서로 오해를 풀고 친해지기도 했다. 이전 일은 다 잊고 새롭게 시작하자면서!

각자 살아남는 방법은 있다. 정글이라고 해도 왕이 되는 길만 있는 건 아니다. 다른 길을 찾으면 된다. 마음이 행복한 일, 자기 걸음 폭에 맞춰 걸을 수 있는 길은 분명히 있다!

🎧 114의 역사 속 인사말

1935년 114 번호 안내가 시작되었는데 이때는 일제 강점기 시대로 서비스 개념 없이 사무적인 응대로 진행되었다. 1980년대 초까지는 두꺼운 전화번호부 책을 넘기면서 수작업으로 안내했다.

1980년대에 전산화가 추진되었고 폭발적으로 증가하는 이용자의 안내 문의에 효과적으로 대처하기 위해 1981년 11월 1일 서울 지역에서 처음으로 업무 전산화가 추진되어 1991년 12월 11일 전국적으로 확산했다. 2001년 114는 KT 전화국에서 분사되어 창립되었고, KT의 114 번호 안내 서비스 사업으로 시작되었다.

2021년으로 86년이라는 긴 역사를 갖게 된 114 번호 안내 서비스에는 첫인사 시대별 변천사가 있다.

- 1935년, 처음 114 번호 안내 시작할 때는 "네~."
- 1980년대 초까지 "안내입니다."
- 1980년대 중반, "안내 00호입니다."
- 1990~96년까지 "네~ 네~."
- 1997년 "안녕하십니까?"
- 2006년 "사랑합니다, 고객님."
- 2012년 "힘내세요! 고객님."
- 2015년부터 현재까지는 "네~ 고객님"으로 첫인사 멘트를 진행한다. 올림픽, 월드컵, 설날, 추석 등 상황에 따라서는 한시적으로 첫인사 멘트를 변경하기도 한다.

참아야 하느니라

114 경기 본부에 입사한 지 2개월 정도 되었을 무렵, 경기도의 콜이 점점 많아져 일부가 서울 본부로 인입되면서 경기 본부에서 서울 본부로 가고 싶은 희망 직원들을 받았다. 나에게는 천운이었다. 집도 서울이고 집과 서울 본부와의 거리도 가까웠기 때문에 지원했고, 그렇게 서울 본부에서 일할 수 있게 되었다. 친했던 교육 동기들과 헤어지고, 팀장·부장님들과 만나자마자 이별이었지만 그래도 서로 격려하며 아쉬운 작별 인사를 하고 교육 기간을 포함해 3개월 정도 지낸 경기 본부를 떠났

다. 서울 본부에 와서 또다시 새 부서와 팀에 배치되었고 나는 적응하기 위해 노력했다. 팀 막내였던 나를 선배 언니들은 잘 챙겨주었고 일하다가 모르거나 궁금한 부분을 물어보면 친절하게 잘 설명해주셨다.

114 안내 매뉴얼 중에는 '복창'이라는 부분이 있는데 고객이 문의한 내용을 상담원이 그대로 따라하는 것을 말한다. 문의한 내용을 확인하는 중요한 과정 중 하나다. 현재는 문의 내용의 핵심 부분만 복창하면 되지만 예전에 내가 입사할 무렵에는 고객의 말을 토씨 하나 틀리지 않고 완벽하게 복창해야 했다. 신입 시절, 복창 때문에 웃지 못할 사연들이 참 많았다.

어떤 나이 드신 고객이 "똥 푸는 곳 알려주이소~"라고 하셨다. 교육받을 때 이럴 때는 다른 복창 방법이 있다고 강사님이 알려주셨는데, 그땐 진짜 머릿속이 깜깜해지면서 생각이 안 났다. 3초 안에 복창해야 감점이 되지 않기 때문에 어쩔 수 없이 "네. 고객님. 똥 푸는 곳 전화번호 말씀이십니까?"라고 해맑게 응대했다. 고객이 "그래요! 똥! 똥!"하시는데, 나도 모르게 웃음이 터져버렸다. 고객도 웃고 나도 웃고. 이럴 땐 '분뇨 수거'나

'정화조 업체'로 변경해 복창할 수 있는데, 이 말이 그때는 그렇게 떠오르지 않았다.

　　고객들은 114가 지역별로 있다고, 즉 예전처럼 지역 전화국에서 받는다고 생각하기도 한다. "저기요, 거기 또와 분식 사거리에서 쭉 가다가 좌회전하다 보면, 약국이 하나 있는데 그 약국을 끼고 커브를 돌면 파란 대문이 있어요. 그 옆에 있는 마트 좀 알려 주실 수 있지요?" 이럴 때는 복창도 걱정이고, 난감하다. 복창은 생각나는 부분만 하고, 다시 한번 재요청할 수 있기 때문에 다행이지만, 복창하다 중간에 잊어버릴 수 있어서 신입시절 펜과 종이는 필수였다. 선배들은 능숙하고 유연하게 응대를 잘하는 것 같은데 초짜인 나는 정말 힘들었다. '나도 언젠가 저렇게 응대하는 날이 오겠지' 하며 선배들의 응대 소리를 귀담아듣고 질문하고 또 질문했다.

　　오후 시간이 지나고 해질 무렵이면 배달 음식업종 문의가 끊이질 않는다. 그래서 어느 날은 고객이 문의하는 메뉴를 적어놓고 일이 끝나자마자 하나를 골라서 친구랑 바로 먹으러 간 적도 있었다. 아니, 많았다. 온종일 말하다 보면 왜 이렇게 배가 고픈지…. 한 고객은 빨리

치킨을 먹고 싶었는지 114를 누른 후에 집 주소를 부르
고 이렇게 말했다.

"후라이드랑 양념, 반반이요!"

"고객님, 여기는 114 전화번호 안내입니다."

지금은 여러 배달 어플이 생겨 문의가 많이 줄긴 했
지만, 지금도 인기 메뉴인 치킨과 중국 음식은 114 배달
음식 문의의 양대 산맥이었다.

"114죠? ○○동에 중국 음식 잘하는 곳이요."

"아, 네. 고객님 ○○동에 중국 음식 잘하는 곳 말씀
이십니까? 죄송합니다. 고객님, 제가 먹어본 적이 없어
잘하거나 맛있는 곳을 찾아 드릴 수 없을 것 같은데 혹
시 괜찮으시다면 '만리장성' 안내해 드릴까요?"

"아니요. 중국집 이름이 '중국 음식 잘하는 곳'이예
요!"(아하!)

"치킨집 중에 양 많고 무 많이 주고 콜라 1.5리터짜
리 주는 데로 전화번호 알려주세요."

우선 복창 스타트!

"고객님, 죄송합니다. 제가 먹어본 적이…."

"그럼, 필~ 오는 아무 데나 주세요!"

"아, 네. 알겠습니다. 고객님."

나의 '필'이 적중했기를!

"거시기, 쓰~읍. 거시기, 저, 거시기, 아따~! 생각이
안 나 부리네. 아, 저기 거시기, 거시기 있자나요. 아쓥~.
나이 먹으니깐, 자꾸 이래 부리네. 아따 어뜩한다냐잉~.
(벌써 30초 지남) 아쓰~. 거시기 머드라, (40초) 내가 생각
나면 다시 114 눌러버려야게따잉~!" 뚝! 띠띠띠띠~. 50
초 동안 나는 한 마디도 하지 못했다.

"저기요. 119 번호 좀 알려주세요! 빨리요!"

"네! 고객님 119 말씀이십니까?"

"네~. 119입니다!"

순간 잠시 정적.

"앗! 죄송합니다!"

멋쩍은 듯 빨리 끊으셨다. (괜찮아요, 고객님.)

"내가 나이가 90이 넘었는데 아주 찬찬히 불러줘야
해요. 우리 집 전화국 번호 좀 알려줘 봐요."

"네, 고객님댁 전화국 전화번호 말씀이십니까? 고

객님 가입통신사가 어디십니까?"

"그걸 내가 어떻게 알아? 모르지, 잠깐 기다려 봐요."

(수화기를 내려놓고 어디로 가서서 누구랑 이야기하시는 소리가 들린다.)

다시 오는 소리가 들리면서,

"한국통신이라는데."

"아~ 네. 고객님. 한국통신 케이티 전화국 말씀이세요? 제가 천천히 불러드리겠습니다"라고 하는 순간!

"가만히! 가만히! 잠깐만 기다려 봐요. 내가 연필을 가지고 와야 돼."

또 어디를 가신다. 수화기 너머로 서랍 뒤지는 소리, 혼잣말하시는 소리, 걸어 다니시는 소리, 생각보다 연필을 오래 찾으신다. 발걸음 소리가 가까워진다. 아! 이제 오시는구나!

"여보세요?"

"네, 고객님!"(이렇게 반가울 수가~)

"이제 불러봐요. 찬찬히~."

"네~ 고객님. 국번 없이 100번입니다."

"머라고?"

"네~. 고객님 국번 없이 100번만 누르시면 됩니다."

"지금 나랑 장난하는 거예요? 이 늙은이가 손가락이 아픈데 버튼을 100번이나 어떻게 누르라고!"(오 마이 갓!)

"언니, 그 보험 회사 있잖아요! 아메리카노~!"
"아, 네~ 고객님. 아메리카노 보험 말씀이십니까? 혹시 에이스 아메리카 화재보험 말씀이십니까?"
"아~ 맞네, 맞네! 호호호! 그거! 그거! 아메! (귀여우신 우리 고객님)

60대 정도인, 약간 저음의 남성 고객님.
"목마르지?"
"아~ 네, 고객님. 감사합니다. 괜찮습니다. 물 많이 마시고 있습니다."
"네? '몽마르지' 좀 알려주세요. 가게 이름이예요."
(에궁~ 민망)

"저기여~ 누나. (약간 조용하게 속삭이는 초등학생 목소리) 이런 거 물어봐도 되는지 모르겠는데요. 제가 물어볼 때가 없어서 114에 전화했거든요."

"네~ 고객님. 문의하세요."

"누나, 짜파게티 끓이고 스프 넣기 전에 물을 버려야 하잖아요. 그 물 버릴 때 어떻게 버리세요?"(음…)

"네, 고객님. 짜파게티 물 버릴 때 말씀이십니까?" 내가 복창하고도 웃겼다.

생각해보니 난 그냥 냄비째 들고 싱크대에 버리는 스타일이라서, 이걸 어떻게 말해야 할지 난감했다. 신입이었으니 이럴 때는 당황스럽기 짝이 없었다. 그런데 또 친절하게 알려주고는 싶고,

"네~ 고객님. 저는 짜파게티를 끓일 때는 손잡이가 한 손이 있는 냄비를 사용하며 물을 버릴 때는 한 손으로 냄비 손잡이를 잡고 다른 손에는 젓가락을 들고 면발이 안 떨어지게 냄비 끝부분에 조심히 받치고 살살 싱크대에 물을 버립니다."

"와! 진짜! 누나 진짜 감사해요! 저는 맨날 면이 버려져서 너무 아까웠거든요."

정말 순수한 초등학생. 이때는 스마트폰도 없으니 검색도 쉽게 못했을 거고, 근데 갑자기 혼자 아이가 짜장면을 끓이는 모습을 상상하니 코끝이 찡했다. 제발 가스불 사용할 때는 조심히 잘 사용하길 바라는 마음으로

"맛있게 드세요"라고 응대를 종료했는데, 아직도 이 콜은 기억에 남는다. 나도 초등학교 때 부모님이 맞벌이하셔서 7살 정도부터 혼자 라면도 끓이고 계란 후라이도 하고 그랬는데, 시간이 참 빠르다.

신입 시절 때는 정말 당황스러운 콜이 들어왔을 때 어떻게 대처하느냐가 관건이다. 노하우를 배우고 스스로 익혀가면서, 그렇게 딱딱했던 감이 홍시가 되듯 점점 무르익으면 부드럽고 자연스럽게 응대를 진행한다. 이 시간을 못 버티고 뛰쳐나가는 동료들을 자주 보았다. 그들은 자기만의 길을 찾아 잘 살고 있겠지?

나름 순수하고 지금보다 더 열정적이었던 나의 20대 초반 신입 시절! 에너지 넘치고 활기차서 어쩌면 누군가는 너무 나댄다고 생각했을 수도 있을 것 같다. 하지만 누가 뭐래도, 만약 그때로 돌아간다면 더 열심히 할 것 같다. 그때는 정말 뭐든지 할 수 있을 것 같았으니깐!

소확행

우리 회사는 매일매일 각자의 근무 시간과 점심시간, 휴게시간이 바뀐다. 보통 26일경에 다음 달 복무표가 배부되고, 365일 근무하는 114 서비스 안내의 특성상 주말에도 일해야 하는 경우도 많다. 주말에 2~3번 정도 일하면 대체 휴가가 평일에 찍혀서 평일에 휴가를 사용할 수 있다. 최대 장점은 동료 간에 서로 휴무일을 바꿀 수 있다는 점! 이 부분은 정말 최고다!

근무 시간도 매일 다른데, 간단히 설명하면 8~17시, 9~18시, 10~19시, 11~20시 정도로 구분되고 야긴 근무는 더욱 세밀하게 짜여 있다. 휴가뿐만 아니라 근무 시간도 서로 바꿀 수 있어 자기 스케줄 관리에 유리한 편이다. 신랑이나 친한 친구들에게 한 달에 한 번씩 나오는 복무표를 보여준 적이 있었는데 무슨 복잡한 암호 같다며 눈 아프다고 했다. 사실 복무표는 우리만 알아보는, 우리만의 암호다!

나는 마음 맞고 친한 사람들과 맛있는 음식을 먹을 때 너무나 행복하다. 이것 때문에 평생 다이어트를 하고 있기에 슬프기도 하다. 아무리 먹어도 살이 안 찐다면 얼마나 좋을까?

내가 '최애'하는 행복한 점심시간에는 제각각의 풍경이 연출된다. 물론, 코로나 이후로는 상황이 많이 바뀌었지만, 그전까지 점심시간은 또 간절히 기다리고 기다리는 설렘의 시간이었다. 9층 구내식당 메뉴는 매주 월요일에 한 번씩 게시판에 올라오는데 인기 있는 메뉴라도 뜨는 날엔 구내식당 줄이 무척 길어졌다.

점심시간에 '도시락파'는 식탁 있는 휴게실에서 삼삼오오 모여 도시락을 먹는다. 큰 냉장고가 두 대나 있어 오래 두고 먹을 밑반찬이나 김치는 냉장고에 보관했다.

냉장고에는 이름이 적힌 한약이나 건강식품도 종종 볼 수 있다. 전자레인지에 봉지라면을 뜯어 끓여 먹는 경우도 많고 서로 반찬을 가지고 와서 양푼에 비벼서 먹기도 했다. 학창 시절 양푼비빔밥의 추억이 떠올랐다.

나도 한참 동안 도시락을 싸서 다녔는데 동료들과 모여 수다를 떨면서 먹으면 정말 재미있고, 정도 쌓이는 행복하고 즐거운 시간이었다. 친정 엄마가 식당을 오래 운영하셔서 어깨너머로 음식 하는 것을 많이 배웠던 나는 요리를 즐겼고 내 음식을 누군가가 맛있게 먹는 것을 보면 그렇게 뿌듯할 수가 없었다. 회사에 가지고 간 메뉴 중에 가장 기억에 남는 것 중에는 닭발, 그것도 뼈 있는 닭발이었다. 그 전날 재래시장에 가서 미리 싱싱한 생닭발을 직접 사고, 정성스럽게 요리해서 큰 플라스틱 그릇에 담아 회사에 가지고 갔다. 매콤하고 맛있는 닭발을 한 손에 비닐장갑 하나씩 끼고 둘러앉아 동료들과 먹으면 진풍경이 벌어졌다.

언젠가는 굴짬뽕라면이 유행했다. 그때 친한 친구랑 생굴을 직접 사서 라면에 생굴을 넣고 전자레인지에 돌려 먹은 적도 있는데, 그때 어떤 언니가 나를 두고 '114 도시락계의 히어로'라고 했던 말이 생각난다. 맛있는 반찬이 있거나 김장을 하면 회사로 가지고 와서 나눠 먹고 집에 가지고 가라면서 싸주고 서로 챙기는, 가족 같은 진심이 있었다. 그 음식들은 단순한 식재료가 아닌 우리의 정과 사랑이었다. 다시 한번 그렇게 함께 와자지껄하게 먹을 날이 오겠지?

회사 근처에도 우리 입을 즐겁게 하고 배를 든든하게 해주는 맛집이 몇 군데 있다. 점심시간은 항상 만원인 함지박 순대국집, 홍콩반점, 의정부 부대찌개집 등. 그리고 지금은 없어져 너무 아쉬운, 허름하지만 추억의 장소였던 즉석 떡볶이집과 무뚝뚝하고 야박한 부부 사장님이 운영하던 김치칼국수집!(맛은 정말 대한민국 최고였다) 아는 언니랑 그 집 칼국수가 너무너무 먹고 싶어 사장님을 찾아보자고 우스갯소리까지 했다. 이렇게 우리의 점심시간은 입과 마음을 황홀하게 해주는 그런 기다림과 설렘의 시간이었다.

휴게 시간, 특히 오전 휴게 시간에는 화장실 전쟁이 일어난다. 아무래도 아침에 신호가 오는 직원들이 많았다. 같은 층에는 양 사이드에 화장실이 있는데 한 화장실마다 세 칸뿐이어서, 만원이면 반대쪽으로 달린다. 만약 그쪽도 만원이면 다른 층으로!

점심시간 이후 오후 휴게 시간은 오전보다는 조금 더 길고 여유가 있다. 각자 주어진 휴게 시간을 잘 사용해야 근무에 집중할 수 있으므로 정해진 시간을 잘 활용하려고 애쓴다. 휴게 시간에도 콜이 많이 밀리면 비상콜을 받거나, 의무실에서 잠시 침대에 누워 눈을 붙이는 직원, 파라핀 찜질을 하면서 손 건강관리를 하거나 안마 의자에서 쉬는 직원, 훌라후프를 돌리며 몸을 푸는 모습, 전화 통화를 하거나, 소파에 앉아 동료들과 수다 떠는 직원들, 짬을 내서 은행 업무를 보거나 주민센터 등을 다녀오는 직원, 경비실에 택배를 가지러 가는 직원 등등 각기 다른 휴게 시간을 유용하게 보내는 모습을 볼 수 있다.

　　지금은 코로나19 이후 재택 근무를 많이 하는데 나 역시 사무실에서 동료들과 함께했던 시간이 너무 소중하고, 또 순간순간이 그립고 떠오르는 얼굴도 많다. 시끌벅적 웃으면서 약간은 소란스럽지만, 맛있고 정겨운 도시락을 싸가서 허물없이 지냈던 그 소소했던 행복함을 내 마음속에 고이고이 저장하려 한다.

🎧 사랑합니다~ 고객님!

"사랑합니다~ 고객님!"

2006년도에 114에서 최초로 감성 경영을 시도하면서 도입한 첫인사 멘트다. 큰 이슈가 되었던 "사랑합니다~ 고객님"에는 정말 '웃픈' 사연들이 많다. 고객 반응은 정말 다양했다.

"오~ 114 맞아요? 멘트 정말 좋네요."

"저도 사랑합니다."

"어머, 깜짝이야!"

"야! 나보고 사랑한대!" (놀래서 옆 사람한테 말하는 고객)

"저 모태 솔로거든요." (진지형)

"아무나 사랑하고 그러는 거 아닙니다. … 농담이구요."

"도대체 이거 누가 만든 거예요?"

"정말 나 사랑해요? 진짜 사랑해요? 얼마나 사랑해요?"

"우리나라 감성에 너무 맞지 않는 것 같은데, 인사말을 바꿔야 하는 거 아니에욧?"

"오~ 할렐루야! 교회는 다니시죠? 하나님도 자매님을 사랑하십니다."

"내가 마누라가 있는데 왜 나를 사랑한다는 거야?"

그 외에도 114가 아닌 것 같아 그냥 후다닥 전화를 끊는 고객도 있었다.

야간에는 더더욱 힘들었다고 한다. 그래서 처음에는 주간과 야간에 동일한 인사말을 사용하다가 야간은 중간에 다시 "안녕하십니까?"로 바꿨다. 야간에는 술을 한잔하고 114를 이용하는 고객들이 많다. 안 그래도 술까지 한잔했는데 사랑한다고 하니 감성을 너무 자극하는 멘트 아니겠는가?

분명 대리운전 찾으려고 114를 눌렀는데 사랑한다고 하니 삼천포로 빠져 상담원에게 옛날 애인을 못 잊고 있다면서 애정 상담모드로 가는 고객, "왜 사랑하냐!" 다짜고짜 화내며 욕하는 고객, 사랑이고 나발이고 번호 안내나 잘하라면서 시비 거는 고객, 사랑하면 지금 당장 나오라고, 왜 거기 앉아 거짓말하느냐고 소리치는 고객⋯ 여하튼 참 말도 많고 탈도 많았던, 잊을 수 없는 멘트였다.

물론, 난처하게 하는 고객도 있었지만 나는 이 멘트를 사용하며 마음이 따뜻해지는 순간이 더 많았다. 모르는 누군가에게 건네기에는 솔직히 낯간지러운 말일 수 있지만, 또 다른 누군가에게는 감동을 주고 무언가 먹먹하면서도 고마운, 그런 위로의 말이 아니었나 싶다.

당시에 "사랑합니다~ 고객님!" 첫인사 멘트 사용할 때 동료 상담사들은 어떤 느낌이었는지 들어보았다.

처음 할 때는 어색하고 민망해서 좀 어려웠지만, 고객님이 "저도 사랑합니다! 고맙습니다! 항상 수고 많으십니다!" 하고 감사의 말을 자주 해주시니 진심으로 느껴져서 점점 더 자연스럽게 할 수 있었다. [김○○]

솔직히 하기 싫은 멘트여서 억지로 했는데, 지나고 보니 아이들한테 지금도 수도 없이 사랑한다고 자연스럽게 말할 수 있어서 고맙게 생각한다. 그때 그 인사말 덕분일 것이다. [최○○]

처음엔 너무 어색했는데 짧은 인사말에도 고마워하시는 고객들께 마음이 전달됨을 느낄 때부터는 힘이 되고 위로가 되어준다는 느낌을 받았다. [박○○]

내가 어디서 사랑한다는 말을 듣겠냐며 감사하다고, 위로가 됐다며 고맙다고 해주셔서 감동받을 때도 있었다. [이○○]

얼굴은 안 보이지만 이 멘트를 하기가 부끄럽기도 하고 민망하기도 했다. 그래도 긍정적으로 받아주시는 고객들이 많아 밝고 즐거운 마음으로 안내할 수 있었다. 처음이 어렵지 자주 사용하니 점점 익숙해졌다. [윤○○]

조금은 무뚝뚝한 성격인 나에게는 고객님에게 조금 더 가까이 다가가고 싶은 마음을 주어 더욱더 친절하게 응대할 수 있게 만들어주어 많은 도움이 되었다. [김○○]

또 다른 꿈을 꾸다

　　회사에 들어온 지 3년이 지난 어느 날, 부장님과의 면담이 있었다. 사내 CS 강사를 모집한다는 문서가 게시판에 붙어 있었고, 부장님은 내가 한번 도전해보는 것이 어떻겠느냐고 하셨다. 사내 CS 강사는 아침 행사를 진행해야 하고, 신입 사원 교육, 사내 직원 피드백과 교육을 해야 한다. 조금은 부담스러웠지만, 나에게는 더 성장하게 하는 좋은 기회라 생각했고, 용기 내어 도전하게 되었다. 그렇게 해서 면접을 보고 합격한 후 사내 CS 강사가 되었다. 생각보다 나와 잘 맞았고, 재미있고 또 다른 차원의 경험을 하게 되어 감사했다.

물론, 직원들 앞에서 아침 행사를 진행하는 일은 무척 부담되는 일이었다. 정말 많이 했지만 할 때마다 긴장했다. 처음 신입 강사 때, 특히 안 좋은 소식을 전할 때는 직원들 표정이 얼굴에 다 드러나기 때문에 유연하게 잘 대처해야 했고, 갑자기 우수수 질문이 쏟아질 때도 있는데 그런 때는 선배 강사들께 간절한 눈빛으로 도움을 요청한 적도 있었다. 또 갑자기 컴퓨터에 오류가 나서 열심히 준비했던 PPT 자료가 뜨지 않거나, 소리가 나오지 않아 당황했던 적도 있었다. 아침 행사에 참여하려고 15~20분의 황금 같은 시간에 일찍 출근한 직원들과 또한 부장, 과장, 팀장들도 계셨기에 더 긴장했다. 애로사항은 많았지만 그래도 시간이 지나면서 능숙해지고 유연하게 잘 대처하고, 진행도 매끄러워졌다.

신입 사원들이 들어오면 나의 신입 시절을 떠올리며 교육생들에게 최대한 공감하고 또 즐겁게 교육하려고 애썼다. 처음에는 '강사님'이라고 부르지만, 정식 입사하고 친해지면 전체는 다 언니 동생이 되고 교육받을 때를 회상하면서 웃음꽃을 피운다. 그렇게 몇백 명 넘게 신입생을 교육하고 피드백하면서 강사 시절을 보냈다.

잊지 못할 교육생 한 명이 떠오른다. 상담사가 되고 싶은 열정은 넘쳤지만, 무의식적으로 나오는 '혼잣말' 때문에 중간에 포기할 수밖에 없었던 교육생이다. 고객은 상담원의 혼잣말이 들리니 "네?" 하고 말하면, 교육생은 "아닙니다, 고객님. 죄송합니다" 이 말을 반복하다 보니 어쩔 수 없이 도중에 가방 들고 집으로 갈 수밖에 없었다. 빨간색 포스트잇에 '혼잣말금지'라고 써 붙이고 열심히 노력했지만, 쉽지 않았다. "강사님, 저는 잘하고 싶은 데…" 하고 눈물을 글썽였던 기억이 아직 생생하다. 참 마음이 아팠다.

그리고 발음 문제 또한 빼놓을 수 없는데, 응대하다 보면 어려운 발음이 참 많다. 그래서 교육 기간에는 발음 교육도 많이 한다. 대표적으로는 이런 것들이다.

간장공장 공장장은 강 공장장이고
된장공장 공장장은 장 공장장이다.
저기 있는 저분은 박 법학박사이고
여기 있는 이분은 백 법학박사이다.
내가 그린 구름 그림은 새털 구름 그린 구름 그림이

고 / 네가 그린 구름 그림은 깃털 구름 그린 구름
그림이다.
경찰청 철창살은 외철창살이냐 쌍철창살이냐
경찰청 철창살이 쇠철창살이냐 철철창살이냐.

이런 어려운 발음들을 교육하고 연습했지만, 실전
에서 콜을 받다가 발음이 너무 안 되어 주저앉아 버리는
교육생도 있다. 본인이 발음이 이렇게 안 되는 줄 몰랐다
는 것이다. 교육 중 실전으로 콜을 받는 시간이 있는데,
강사와 나란히 앉아 둘 다 헤드셋을 끼고 콜을 받는다.
초반에는 실수를 방지하기 위해 강사는 항상 일대일로
앉아 함께 콜을 들으며 한 콜 한 콜 피드백하면서 교육
한다. 이때 모든 교육생이 손도 벌벌, 목소리도 벌벌 떤
다. 그렇게 익숙하던 키보드 자판도 안 보이고, 모니터
글씨들도 갑자기 흐려지며 고객 목소리도 잘 안 들리고,
진짜 멘탈이 나간 것 같은 느낌. "내가 누구인가? 여기는
어디인가?" 사시나무처럼 떨리는 목소리와 손들은 시간
이 지나면서 조금씩 제자리를 찾기 시작한다.

교육 시간에도 쉬는 시간이 정해져 있는데 '장 트러

블' 때문에 중도 포기!

지도랑 행정구역 못 외우고 너무 어려워 포기!

고객한테 욕 듣고 눈물 줄줄 흘리면서 포기!

시험 성적이 낮아서 어쩔 수 없이 불합격!

이런저런 일들로 중간에 포기한 교육생들 모두 아쉽지만, 그래도 다들 적성에 맞는 길을 찾아갔으리라 믿는다.

사내 CS 강사는 직원 피드백과 교육도 하는데 오안내나 불친절이 나오거나, 한 달에 한 번 나오는 QA(품질보증) 점수가 안 좋은 경우 피드백하고 교육을 진행한다. 사내 직원 교육 때는 마음에 상처를 받지 않도록 예민한 부분을 세심하게 챙기고 신경 써야 한다. CS 강사를 하면서 워크숍도 많이 가고, 회사에서는 인재 육성을 위해 이런저런 교육 또한 많이 지원해주었다. 그러면서 자연스럽게 외부 CS 강사들을 만나는 기회가 많아졌고, 그들을 보며 CS 강사에 대한 매력을 느끼며 나는 또 다른 꿈을 꾸기 시작했다.

하지만 인생이 모두 자기 마음대로 되지는 않는 법! 이 시절쯤 신랑을 만나, 결혼하게 되었다. 아이를 낳고, 육아하고, 또 둘째를 낳고⋯ 그러면서 내 인생의 전부가 내가 아닌, 그런 나날이 계속되고 있음을 느끼고, 그게 순리인 것처럼 지나가게 되었다. 무엇이 정답인지 모르겠지만, 아직 난 포기하지 않았다는 것, 아직 나에게는 남은 시간이 많다는 것! 이 사실은 분명하다.

물론, 가족도 너무 소중하고 소홀히 할 수 없지만, 나의 인생 또한 중요하고 나는 내 삶도 사랑한다. 자신을 사랑하고 자신이 행복해야 누군가에게도 그 사랑과 행복을 줄 수 있음을 알고 있다.

그렇게 또 다른 꿈을 꾸며, 나는 준비하는 삶을 살고 있다.

고객님, 걱정 마세요

직접 눈을 치워드릴 수는 없지만

"나는 혼자 살아서 도와줄 사람도 없어요. 방은 냉골이고 이제 큰일 났어요. 어떡해요? 제발 도와주세요. 114 아가씨~."

강원도 삼척에서 걸려온 한 어르신의 전화였다. 안절부절못하며 상황 설명을 하시는데 목소리 한가득 불안함과 걱정이 느껴졌다. 수도와 보일러가 얼어 작동을 멈추면 방은 얼음장이 되고 수도배관은 꽁꽁 얼어 여간 불편한 게 아니다. 다행히 그 지역을 검색하니 수도와 보일러 설비 업체가 몇 군데 있어서 전화번호를 알려 드렸다.

어느 날엔가는 강원도 영동지방에서 전화가 걸려왔다. 집에 환자가 있는데, 다닐 수가 없어 약도 구하지 못한다고 호소하는 한 어르신의 눈물 섞인 음성이었다. 또한, 폭설로 강원도 산간 지역 주민들이 고립되어 제설과 복구 작업을 했음에도 길까지 눈으로 덮여 다니지도 못한다는 이야기도 들린다.

서울도 영하 15도 이하로 기온이 뚝 떨어진 날에는 수도가 꽁꽁 얼고 보일러 배관도 추위를 견디지 못해 동파해 불편함을 많이 겪는데, 서울보다 더 추운 곳에선 예측 불가능한 일이 훨씬 자주 일어난다.

우리 집도 최근에 한파를 이기지 못하고 수도배관이 얼었는데 헤어드라이어, 뜨거운 물을 이용해 배관을 녹여 보려고 했지만 쉽지 않았다. 화장실 물도 안 내려가니 당혹스럽고 쩔쩔맸던 생각이 난다. 결국, 신랑이 마트에서 생수를 사와 식수는 물론 모든 물 사용을 생수로 해결해야만 했다. 기술자를 불러 해결하거나 날씨가 자연적으로 따뜻해지길 기다려야 하는 수밖에 없는데, 당장 급하니 114에 전화해서 수도나 보일러 설비 업체를 문의하는 것이다. 인터넷과 스마트폰을 능숙하게 사용하지 못하는 고객이나 독거노인, 서로의 손과 발이 되어주면서 하루하루를 힘겹게 살아내는 노부부에게는 114가 든든한 의지처가 된다.

    눈이 아주 많이 오는 날은 이곳저곳에서 크고 작은 교통사고가 자주 난다. 특히, 빙판길에서는 조그마한 부주의로도 큰 사고로 이어질 수 있다. 매서운 한파가 시작되면 이런 불편함을 겪는 고객들의 전화로 114에는 문의가 폭주하고 우리는 모두 비상 모드로 들어간다. 보험회사, 경찰, 레커, 응급차 들도 모두 긴장을 늦출 수 없다. 눈 때문에 아예 차가 움직이지 못하고 주차장처럼 멈춘 지역도 많다. 사고가 나서 보험회사를 불러야 하는데 너무 당황스러우니 본인이 무슨 보험에 가입했는지 기억나지 않을 때도 있다. 우선 114를 누르고 그때부터 생각하기도 한다. 보험회사 종류도 다양하고 상호는 또 얼마나 자주 변경되는지, 서로 합병되어 상호가 사라져 안내하는 우리도 많이 헷갈린다. 그러면서 고객님과의 스무고개가 시작된다. 또 114를 눌렀는데 보험회사에 전화건 줄 알고 본인의 인적사항을 말하면서 빨리 와달라고 하는 고객도 있다.

    어렸을 때 연탄에 눈을 굴리며 동그랗고 크게 눈사

람을 만들고 친구들과 천진난만하게 뛰어다니고 웃으면서 눈싸움하고, 솜사탕 같은 눈길에 작은 발자국을 예쁘게 만들어준, 그 정겨웠던 눈. 20대까지는 눈이 많이 내리는 게 마냥 예쁘고 설레고 좋았는데, 이제는 눈이 오고 날씨가 추운 게 별로다. 출퇴근 시간의 교통체증, 쌓였던 눈이 녹으면서 질퍽거림에 걸을 때마다 옷과 신발이 지저분해지는 기분, 추위에 몸이 오그라드는 느낌으로 불편하다.

이처럼 신문, 잡지, TV, 인터넷 기사로 접하는 세상의 사건 사고들을 전화기 너머 고객 음성을 통해 직접 듣는다. 강원도 산골 마을에서 혼자 외롭고 고독하게 사는 어르신들도 만나고, 타워팰리스에 사는 부유층과도 잠깐이지만 삶을 나눈다. 114를 통해 세상을 배우고 많은 고객을 경험하면서 울고, 웃으면서 위로받고 때로는 힘을 얻고, 오늘도 세상을 배우며 알아간다.

며늘아, 아들을 부탁해

　　예전에는 공중전화가 눈에 띄게 많았지만, 지금은 공중전화를 보면 기념사진을 찍을 정도로 많이 줄었다. 공중전화와 삐삐 시대를 거쳐온 사람들은 모두 들어보았을 것이다. 8282, 1004, 7942, 0242, 486… 추억의 삐삐 암호들! 호출이 오면 공중전화로 달려가 동전이나 전화카드를 넣고 통화하던 시절. 줄을 섰는데 통화가 길어지면, 나도 모르게 뒤통수가 싸한 느낌….

　　이렇게 몇 대 안 남은 공중전화로도 114에 전화가 오는 경우가 종종 있다. 공중전화로 114를 누르서 본인 집을 알려달라고 하신 어떤 어르신의 통화는 지금도 잊을 수 없다. 계속해서 똑같은 말, "우리 집 알려줘요, 우리 집 알려줘요~"만 반복하는 70대 여성 어르신의 불안하면서도 간절한 목소리였다. 아무래도 치매 증상이 아닐까 하는 의심이 될 만한 상황이었다. 집을 잃어버린 거라면?

집 주소와 성함을 여쭤보았지만, 아무런 대답을 하지 못하셨고 계속 "우리 집 알려줘요"라는 말씀만 반복했다. 어떻게든 해결하고 싶었지만, 고객님과는 정상적인 소통이 거의 불가능한 상황이었고 공중전화는 직접 경찰서로 연결도 안 되기 때문에 딱히 다른 방법이 없었다. 도저히 내 자리에서 해결되는 상황이 아니었다. 어쩔 수 없이 팀장님께 메모를 남기고 호 전환을 했다.

신랑과 연애 시절, 퇴근 후 종로에서 만나 옛날 통닭을 파는 어떤 호프집에 갔다. 신랑을 만난 지 6개월쯤 되었고 한참 서로 알아갈 때였다. 신랑은 본인의 가정사를 많이 말하지 않았다. 나 또한 궁금했지만, 시간이 지나면 자연스럽게 알게 될 거라 믿었기에 꼬치꼬치 캐묻지는 않았다. 그런데 그날 통닭집에서 그 사람의 가슴 속

깊은 상처를 듣게 되었다. 신랑은 나에게 할 말이 있다면서 조용히 본인의 지갑을 꺼냈다. 신랑은 반지갑을 꺼내서 열더니, 주민등록증을 넣는 투명한 부분 뒤편에서 한눈에 봐도 오래된 반명함판 사진을 한 장 꺼냈다. 온화하게 생긴 한 중년 여성이었다. 신랑은 어머니라며 사진 속 인물을 소개했다. 처음으로 듣는 엄마 이야기였다.

지갑에 항상 넣고 다니며 고이고이 간직하면서 보고 싶을 때마다 꺼내 보는 엄마 사진….

순간의 침묵 그리고 고요함. 잠시 생각했다.

'어머님이 돌아가셨나?'

그 순간, 신랑은 내게 쇼핑백을 하나 건넸다. 안을 들여다보니 책이 한 권 들어 있었다. 신경숙 작가의 《엄마를 부탁해》였다. 아직 읽어보지 못했지만, 유명해서 제목은 알고 있던 책이었다.

"엄마를 잃어버린 지 일주일 째다"로 시작되는 소설. 일흔이 되도록 평생 시골에 사셨던 엄마가 아버지와 함께 아들네 집을 찾아가다가 서울역에서 길을 잃고 마는, 가족을 위해 자기 삶을 평생 희생했던 치매 걸린 엄마의 이야기. 신랑이 선물해준 책의 첫 번째 장을 열어보니 신랑이 쓴 편지가 있었다. 그 사람 마음이 고스란히 느껴지는 글이었다.

　사랑하는 마쮸에게

　당신에게 차마 하지 못한 말이 있습니다.
　나의 엄마에 대한 이야기입니다.
　우리 엄마는 많이 아픕니다.
　당신에게 털어놓고 내 마음을 열고 이제 이야기하고 보여주려
　합니다.
　당신이 어떻게 생각할지 불안하고 초조하지만,
　그래도 용기 내어 봅니다.

　　　　　　　　　　　　　　　당신을 사랑하는 슈슈가

　마쮸와 슈슈는 우리 부부가 상대방을 부르는 애칭
이다. 그 편지를 읽고 여러 복잡한 감정이 머릿속을 파고
들면서 울음이 터져버렸다. 가까스로 울음을 그치고 아
무 말 없이 신랑을 안아주었다. 마음 한구석이 송곳으로
찌르듯 쓰라리고 아프고, 이 남자의 아픔과 상처를 함께
나누고 내가 어루만져주고 싶은 생각뿐이었다.

엄마, 이 단어만 들어도 난 눈물이 난다. 너무나도 소중하고 사랑하는 엄마, 그런 엄마가 이 소설의 주인공처럼 된다고 생각하면 생각하기도 싫지만, 너무 두렵고 힘들 것 같다. 신랑은 이 책을 읽으면서 엄마를 생각하고 그리워하며 위안을 삼았으리라.

신랑은 걱정했었나 보다. 자신의 아픈 엄마 이야기를 하면 어떻게 생각할까? 누구보다 신중하고 조심스럽고 생각이 많은 이 사람. 어떻게 보면 세상이 그렇게 만들었는지도 모른다. 그래서 연애를 두려워했을지도 모른다. 나를 만나기 전까지 누군가를 만나고 사귀고 믿고 사랑하다는 것이 어렵고 두렵고 버거웠을지도….

신랑이 20대 중반쯤 어머님은 알츠하이머병 초기 증상이 시작되었다고 한다. 치매에는 혼자 집을 나가시면 집을 잃고 못 찾아오시고 근처 파출소에서 전화 오면 식구들이 찾으러 갔다. 그때 어머님 연세는 50대 중반이었는데 전화번호와 친한 사람들의 이름을 하나둘 잊기 시작했고, 증상이 반복되고 횟수가 점점 잦아졌다고 한다. 신랑과 가족들은 증상이 계속되자 현실을 직시하고 해결책을 찾을 수밖에 없었다. 신랑은 부산에서 초중고, 대학까지 다녔는데, 가족들은 오랫동안 함께했던 정들었던 집을 팔고 서울로 올라올 수밖에 없었다. 유명한 대학병원이나 큰 병원은 모두 찾아다니면서 많은 돈을 들여 검사하고 병을 고쳐보려고 갖은 애를 썼다. 하지만 60대가 되었을 무렵 증상은 심해졌고, 더 이상 손 쓸 수 없는 상황이 되었다.

나를 만났을 때, 신랑의 나이 서른여섯 살. 그때는 아버님이 어머님을 손수 돌보시고 집에서 요양하며 지내신다고 했다. 밥과 반찬도 떠먹여주고 다리에 힘이 없어 화장실도 혼자 못 가고, 신랑과 자식들 얼굴도 못 알아보는 그런 엄마….

누나와 형이 있고, 형 누나와 터울이 많아 사랑을 많이 받고 자란 막내아들. 침착하고 나지막한 음성으로 허탈함과 슬픔이 잔뜩 배인 그 남자의 이야기를 난 그날 그렇게, 조용히 들어주었다. 당사자가 아닌 이상 직접 겪어보지 않은 이상, 그 슬픔의 깊이를 헤아린다고 차마 말할 수 없었다.

연애시절 신랑 집에 처음 인사 가던 날, 하얀 피부의 작고 고우신, 단아하면서도 또렷한 이목구비의 천사 같은 어머님 모습을 잊을 수가 없다. 조용히 노래를 흥얼거리시면서 아기 같은 모습으로 거실에 앉아 계셨다.

치매에 걸린 어르신들은 다양한 모습을 보이는데 어머님 같은 경우는 아주 얌전한 두세 살 어린아이 같았다. 타임머신을 타고 때 하나 묻지 않은 순수한 아이로 돌아가 버린 모습이랄까? 나중에 시댁 식구들한테 들은 얘기지만 어머님은 아프시기 전에도 마음이 여리고 따뜻한 성품을 가진 사랑 많은 분이셨다. 신랑의 평소 배려와 성품이 누굴 닮았는지 이해되는 부분이었다. 그래도 결혼할 때 어머님이 계셨고, 결혼사진에 활짝 웃고 계신 어머님 모습을 영원히 간직할 수 있어 정말 감사하다. 결혼하고 5년 후 어머님은 하늘나라로 떠나셨다. 신랑을 이렇게 따뜻하고 바른 성품으로 키워주신 어머님께 사랑한다고 감사하다고 말씀드리고 싶다.

어머님.

하늘에서 흐뭇한 표정으로 지켜보고 계시지요?

막내며느리, 아들딸 낳고 착한 막내 아들이랑 행복하게 잘 살고 있어요! 그곳에서는 세상 풍파들 다 잊고, 즐겁고 편안하게 지내세요.

정말 보고 싶습니다, 어머님.

우리 딸이 죽었어요

"여보세요~ 흑흑⋯."

흐느낌에 목소리조차 잘 알아들을 수 없었다.

"네~ 고객님, 114 전화번호 안내입니다."

"흑흑⋯." 한 중년 여성의 흐느끼는 소리가 계속되었다. 잘 들리지 않아 헤드셋을 고쳐서 바로 쓰고, 한쪽 헤드셋을 누르면서 다시 응대했다.

"네, 고객님. 어디를 문의하십니까?"

"우리 딸이 죽었는데⋯. 흑흑흑⋯."

끝까지 말을 잇지 못하는 고객. 처음에는 내가 잘못

들은 줄 알았지만, 고객의 가슴 아픈 울음소리에 안 좋은 일이 있구나, 곧 짐작했다.

"네, 고객님. 천천히 말씀하셔도 됩니다."

나도 막 눈물이 나려는 걸 꾹 참으며 말했다. 고객도 가까스로 마음을 추스리고 목소리를 가다듬고 말을 이어 가시려는 것 같았다.

"딸이 며칠째 집에 안 들어와 걱정되어 경찰서에 실종신고를 했거든요. 그런데 제 딸이 물에 빠져 죽어 방금 시체가 되어 내 앞에 있네요. 장례를 치러줘야 하는데 어디로 전화를 해야 할지 몰라서요." 슬픔을 꾹꾹 누르면서 끝까지 말씀하셨다.

이런 콜은 처음이었다. 가슴 한구석이 먹먹해지고 마음이 무거워져 이젠 내 편에서 섣불리 말이 이어지지 않았다. 고객이 다시 이야기를 이어갔다.

"대학병원이나 큰 병원에 연락하면 되는지? 상조회사에 연락해야 할까요? 제가 전화번호를 아는 데가 없어서요."

잠시 생각했다. 아마 경찰서나 지구대, 119 구급대에서 시신을 찾아 수습한 거라면? 그쪽 관할에서 방법을 알려주었을 텐데, 도대체 어떻게 된 일일까? 세세하게 여쭤보고 알려 드리고 싶었지만, 지금 고객이 가장 궁금한 내용에 대해 우선 말씀드려야겠다고 생각했다.

"네~ 고객님. 상조 가입을 하셨으면 상조 회사로도 바로 연락을 하시고, 고객님께서 계신 지역을 말씀해주시면 장례식장이 있는 병원 번호를 알려 드리겠습니다."

"아~ 그래요? 고마워요, 언니."

다시 조금씩 울음소리가 들리기 시작했다. 고객은 상조 가입을 하지 않은 상황이었고, 지역을 확인해서 장례식장이 있는 병원 전화번호를 몇 군데 알려 드렸다. 정말 고맙다면서 전화를 끊은 고객님. 응대를 마무리하고, 바로 이어 콜을 받는데 목소리가 자꾸 떨렸다. 마음이 아팠다. 무슨 사연인지는 잘 모르겠지만 그 고객의 음성이 자꾸 귓속을 맴돌면서 상황이 그려지고, 안타까운 심정에 뜨거운 눈물이 볼을 타고 자꾸 흘렀다. 딸을 먼저 보낸 엄마의 마음이 얼마나 힘들고 괴로울지 여운이 가시지 않았다.

고객님, 따님 장례 잘 치르셨죠? 힘내서 건강하게 잘 지내고 계시길 진심으로 기도합니다.

빨리요, 빨리! 출동해주세요!

입사한 지 2년 조금 지났을 시기, 점심시간이 조금
지났을 때였다.

띠리리….

"안녕하십니까? 고객님."

무척 분주하고 주변이 시끄럽고 도로에선 차 소리
가 들렸다. 긴장감과 다급함이 느껴졌고 말이 매우 빠른
한 중년 여성의 목소리였다.

"여기 뱅뱅사거리인데요!"

"네~ 고객님, 뱅뱅사…."

복창이 끝나기도 전에 내 말을 끊고 계속 말씀하셨다.

"지금 여기 교통사고가 아주 크게 나서 사람들이 많이 다치고 위독하고요. 차들도 막 뒤엉키고 교통도 난리가 났으니까 빨리 출동 좀 해주세요! 빨리요, 빨리!"

고객은 아무래도 112를 눌렀다고 생각하는 듯했다.

"아, 고객님! 여기는 112가 아니고 전화번호를 안내하는 114인…."

뚜뚜뚜뚜…. 전화가 끊겼다.

어쩌지? 아~ 어쩌지? '위독'과 '빨리빨리!' 이 말이 계속 뇌리를 맴돌았다. 난 더 이상 콜이 들어오지 않게 안내 단말 PC를 조치한 후에 나도 모르게 내 핸드폰을 들어 112를 눌렀다. 한 2초 정도 고민하다가 곧바로 그렇게 한 것 같다.

너무 오래된 일이라 정확한 멘트는 기억이 안 나지만, 대충 떠올려보면 이런 대화가 오갔을 것이다.

"네, 112 상황실입니다."

"네, 저는 종로구 숭인동에서 근무하는 114 안내원 김연진이라고 합니다."

"아~ 네네."

"지금 고객님께 전화가 왔는데 112를 누르셔야 하
는데 다급한 나머지 114를 누른 다음, 교통사고 신고를
하고 바로 전화를 끊으셨어요! 그래서 제가 대신 신고하
려고 전화 드렸어요!"

"아~ 그러셨군요! 혹시 위치와 사고에 대한 설명을
들으셨나요?"

"네네~ 강남 뱅뱅사거리 쪽이라고 하셨고, 위독한
환자가 많고, 사고로 교통도 많이 복잡한 상황이라고 하
셨습니다!"

"아 네, 감사합니다! 저희가 빨리 관할서에 연락해
출동할 수 있도록 하겠습니다! 연락 주셔서 감사합니다."

"별말씀을요. 고생하십니다!"

보통 이런 일에는 메모해서 팀장에게 드리거나 민
원센터 쪽으로 말씀해야 하는데 그때는 나도 모르게 빨
리 신고해야 한다는 생각에 개인 핸드폰을 사용한 것이
다. 한 시간쯤 지났을까? 모르는 핸드폰 번호로 전화가
왔다.

"여보세요?"

"아~ 김연진 114 상담원님이십니까?"

"네, 맞습니다!"

"여기는 ○○경찰서 교통사고 조사계입니다. 상담원님의 빠른 신고 덕분에 저희가 일사천리로 사고를 잘 처리할 수 있었습니다. 감사합니다!"

"아! 다행이네요! 제가 감사합니다!"

그냥 감사하단 말이 나왔다. 바로 신고하길 잘했다. 그래, 김연진 잘했다! 쉬는 시간에 아까 받았던 콜과 112 신고했던 일을 한 선배에게 이야기하니 박장대소하면서 엄지손가락 하나를 치켜세웠다. 뿌듯함과 함께 나도 처음 느껴보는 시민 의식 발휘에 기분이 좋아졌다.

선생님, 제발 도와주세요

어느 날, 다급하고 절박한 한 고객의 음성이 전화기 너머로 들렸다.

"아이구~ 선생님, 제발 저 좀 도와주세요."

"네, 네! 고객님, 114 전화번호 안내입니다! 어디를 찾으십니까? 제가 도와드리겠습니다!"

"제가 딸내미 집에 다녀오느라 지하철을 두 번이나 갈아타고, 버스도 탔는데…. 아이고~ 이걸 어쩌나…."

벌써 느낌이 왔다. 무엇을 잃어버리셨구나! 누구나 중요한 뭔가를 분실했을 때 당황했던 경험이 한두 번쯤은 다 있을 것이다. 114에는 잃어버린 물건 때문에 도움을 요청하는 전화가 아주 많이 걸려온다. 택시, 지하철, 버스, 기차 등 대중교통을 이용하다가 분실한 경우, 길거리에서 잃어버린 경우, 심지어 집에서 없어졌다고 하시는 고객, 도저히 어디서 분실했는지 먼지처럼 없어졌다고 일단 전화 걸고 하소연하시는 분들도 있다. 신분증, 핸드폰, 증명서, 카드, 지갑, 동물, 가방, 돈, 보석 등 종류도 장소도 다양하고 가지각색이다.

음성으로는 70대 정도의 연세로 예상했고, 당황한 상태에서도 기억을 잘 더듬으며 정확한 발음으로 말씀하셨다. 어떻게든 그분을 도와드리고 싶었다.

"네~ 고객님. 대중교통을 이용하셨다는 말씀이세요?"

"네, 선생님. 내가 교통카드만 따로 빼서 주머니에 넣고, 지갑을 잃어버렸는데…. 어디서 빠졌는지 모르겠어요. 내가 지금 너무 당황하고 어떻게 해야 할지 몰라 114에 전화했어요!"

난 고객을 천천히 진정시켜 드리며 응대를 이어갔다.

"혹시 이용하신 지하철 노선과 버스 번호를 기억하십니까?"

"딸네가 서울 방학동이라서 거기서 버스 101번을 타고, 쌍문역에서 4호선을 타고, 서울역에서 1호선을 타고 송내역에서 내렸거든요. 그런데 내가 지금 번호를 적을 데도 없고 이것 큰일났네! 어쩌나."

"고객님! 적으실 곳이 없어도 제가 고객님 핸드폰으로 전화번호를 문자로 보내드릴 수 있습니다."

"아~ 그래 주시면 너무 감사하죠!"

그분은 진심으로 감사해하셨다. 난 그분이 이용한 버스와 지하철 분실물을 찾을 수 있는 번호를 검색해서 문자로 전송해 드렸다. "지갑 꼭 찾으시길 바랍니다"라는 끝인사와 함께.

어르신들이 물건을 잃어버렸을 때는 당황스럽고, 인터넷도 할 수 없고, 스마트폰이 있어도 기능을 모르니 거의 무용지물이다. 막막하고 답답한 나머지 무작정 114를 누르고 울먹이는 목소리로 도움을 요청하는 고객들이 상당히 많다. 이런 고객께는 최대한 차근차근 설명하고 마음을 진정시킬 만한 응대 스킬이 중요하다.

친정엄마도 신용카드나 지갑을 잃어버린 경우가 있는데, 연세가 드실수록 그 횟수가 잦아져 나도 걱정이 이만저만이 아니다. 엄마도 그러실 때 무조건 나한테 전화하셔서 SOS를 외친다. 그 절실함을 공감하기에 114를 누르신 분들을 향한 마음 또한 간절하다. 그 마음이 잘 전달되어 소중한 기억으로 마음 한편에 간직되길 바란다.

이처럼 고객들 음성을 통해 가슴 아픈 사연을 듣고 함께 공감하고, 나도 모르게 눈물이 핑 돌고 울컥한 적이 여러 번 있다. 마치 실타래처럼 뭉친 그들만의 고민과 걱정거리들. 고객들의 힘든 사연을 가만히 듣고 있을 땐 내가 마치 심리 상담사가 된 것 같은 기분이 들고, 고민 해결사나 추리 소설에 나오는 명탐정이 될 때도 있다.

고민 해결을 위한 방법을 제시하거나 찰떡같은 정답을 드렸을 때 전화기 너머로 들리는 고객의 호탕하고 시원한 웃음소리, 감동이 고스란히 느껴지는 몇 번의 감사 인사들, 나와 고객이 동감했던 전율이 느껴지던 그 순간!

업무를 종료하고 헤드셋을 벗는 순간 느끼는 감정은 매일매일 다르다. 특히 누군가에게 큰 도움이 되었다고 생각하는 날은 내가 가치 있는 존재로 느껴져 뿌듯함에 미소가 절로 나온다. 내가 계속 상담사를 하는 이유 중 하나가 이 마성의 매력 덕분일 수도 있다.

고객님~ 걱정하지 마세요! 114가 도와드릴게요!

🎧 척척박사 : 상호편

"메롱이요~."

에이 설마, 장난전화는 아니겠지? 분명 내 귀에는 '메롱'으로 들려서 재요청 멘트를 진행했다.

"고객님 죄송합니다. 다시 한번 말씀해주시겠습니까?"

"메롱이요, 메롱."

"아, 네~. 고객님! 메롱, 말씀이세요? 혹시 지역이나 업종을 알고 계십니까?"

"지역은 잘 모르고, 음원 사이트 회사인데, 잘 모르시나요?"

"아, 고객님, 혹시 '멜론' 말씀이세요?"

메론? 메롱? 멜론?

한 자라도 놓치지 않고 끝까지 고객과 커뮤니케이션 하겠다는 자세는 참 중요하답니다!

"산할머니용~!"

"네, 고객님. '산할머니' 말씀이십니까?"

"네~."

"네~ 고객님, 산할머니 업종이 어떻게 되십니까?"(점집인가? 음식점인가?)

"그~ 돈 대출해주는 회사 있죠? 광고도 나오고… 있잖아요?"

"아, 네~. 고객님! 혹시 산와머니! 말씀이세요?"

"그렇네요~! 호호, 싸나머니!"

"저기요~ 고도리라는 병원인데, 전화번호 좀 알 수 있을…." (고객 음성에 힘이 없고 말끝을 흐리면, 상호나 지역을 잘 모르거나 찾는 곳이 부정확한 경우가 많다.)

"아, 네~ 고도리 병원이세요?"

고객들이 척추전문병원으로 많이 문의하는 병원 중 하나이고 상호를 착각한 것 같다는 예감을 믿고, 흔들림 없고 자신감 있는 목소리로 말했다.

"고객님~ 반포동에 있는 '고도일' 병원 말씀이시죠?"

"흐흐~ 고도리가 아니라 고도일이예요? 허허허. 거기 허리 아플 때 가는 병원 맞지요?"

고객님이 퀴즈 문제를 냈는데 내가 딩동댕하고 정답을 맞혀 같이 상품을 나눠 타게 된 양 좋아하신다. 나도 같이 좋다.

"네! 맞습니다! 전화번호 안내해 드릴까요?"

"네~ 감사합니다! 상담사님이 목소리도 이쁘고 성격도 시원시원하구먼! 허허허!"

"네, 샴사합니다! 고객님, 항상 건강하세요."

"메리야스요~."

"네~ 메리야스 말씀이세요?" (당연히 속옷 가게인 줄)

"혹시 속옷이나 의류 업종이십니까? 어느 지역이세요?"

"아니요, 호텔인데요."

"아, 네~ 고객님, 호텔 상호가 메리야스란 말씀이세요?"

"네~ 거기 강남에 유명한 호텔 있잖아요?"

"아! 네! 고객님, 혹시 반포동에 메리어트 호텔, 말씀이십니까?"

"쒸뤼뱅이요."

"네~ 고객님~ 쒸뤼뱅 말씀이세요?" (불길한 불어 느낌)

레스토랑? 의류? 카페?

"고객님, 죄송합니다. 업종이 어떻게 되십니까?"

"뵈엥크~!" 한국인이신 것 같은데 발음을….

설마 이 '뵈엥크'는 뱅크의 그 bank?

자자~ 퍼즐 조합 스타트~! 쒸뤼 ㅂㅐㅇㅋ! 올커니! 오퀘봐리!

"아! 고객님, 시티은행 말씀이시군요" (저, 잘 맞추죠? 고객님?)

(버러~ 많이 드신 우리 고객님들~ 돈 워리 돈 워리~ 아이 캔 두잇!)

"순대요~ !"

"네~ 고객님, 순대 말씀이세요?"

"네! 순대요."

"혹시 순댓국집을 찾으십니까?(이른 아침이니 해장하려고 하시나?) 어느 지역인지 말씀해주시면….”

"아니요, 아니요~. 언니~ 순천향대요!”

순대=순천향대학교? OK! 또 하나 알고 갑니다. 내 머리 포화상태 오마이갓김치!

"콸이요."

"네, 고객님. 콸 말씀이세요?" (제발, 이건 무엇일까?)

"고객님, 콰에 ㄹ받침, '콸'이 맞습니까?”

"네, 콸."

알고 보니, 그것은 'KAL'이었다. 대한항공!

분명, 쒸뤼뱅님과 친구실 거야!

🎧 114 척척박사: 음식점 편

"언니! 중앙시장 반찬집에 홍어회 무침을 아주 기가 막히게 무쳐서 파는 데가 있거든요! 거기 사장 아주머니가 아주 손맛이 좋고 손도 크고~ 쯥~(입맛 다시는 소리) 그 반찬집 번호도 알 수 있지요?"

"네~ 고객님, 어느 지역 중앙시장에 있는 반찬집인가요?"

"강릉이지요."

고객 말이 떨어지기 무섭게 강릉 중앙시장에 있는 반찬집을 검색한다.

검색결과, 중앙시장 강릉시 성남동에 반찬 가게 4곳 검색. 자! 이 4곳 중에 사장님 손도 크고 홍어회를 아주 기가 막히게 무치는 반찬가게는 과연 어디일까?

우선 고객에게 상냥한 음성으로 상호 하나를 넌지시 이야기한다.

"고객님~. 혹시 ○○반찬집 아닌가요?" 과연, 나의 직감은?

"음…. 그 집은 아닌 것 같아요."

앗! 남은 곳은 세 군데! 남은 상호를 다 말해 고객이 선택하는 방법과 다시 한번 다른 상호를 제시하는 방법이 있다. 나는 후자를 선택!

"고객님, 그러면 ◇◇반찬집인가요?"

"아! 거기예요! 거기! 호호호, 아유~ 고마워요!"

"오빠야…." (약간 느끼한 음성의 남성 고객님. 설마 설마…)

"고, 고객님, 죄송합니다. 다시 한번 말씀해주시겠습니까?"

"오빠야."

"고객님, 여기는 전화번호를 안내하는 114입니다."

"네~ 오산에 있는 오빠야 좀 알려줘요."

오산 지역에 '오빠야'를 검색하니 횟집이 나왔다.

"아, 네~ 혹시 오산에 있는 횟집 '오빠야' 말씀이세요?"

"네."

"아, 네! 안내해 드리겠습니다!"(민망 민망)

민망할 때는 빨리 안내하는 게 최선!

"하안동에 호동이 두마리치킨이요."

"네~ 고객님. 하안동에 호동이 두마리치킨 말씀이세요?" (음, 뭔가 이상한데)

검색하니 그 이름으로는 등록이 안 되어 있고, '호식이' 두마리치킨은 있었다! 강호동이 광고하는 치킨과 '호식이 두마리치킨'을 섞어서 말한 것 같았다.

"고객님, 죄송하지만 호동이 두마리치킨은 나와 있지 않고, 혹시 호식이 두마리치킨은 하안동에 있는데 이쪽은 아니신가요?"

"아, 겁나게 헷갈려부네. 호식이건 호동이건 암꺼나 후딱 한번 알려줘 봐요."

"네~ 고객님, 그럼 호식이로 안내해 드리겠습니다."

치킨집 프랜차이즈는 점점 늘어나는 추세이고, 비슷한 상호도 정말 많다.

"처갓집 칼국수요."

"네! 고객님 어느 지역의 처갓집 칼국수이세요?"

"관양동이요." (경기도 안양시 동안구 관양동이다)

검색해보니 '처갓집'이나 '처가'가 들어가는 음식점이나 칼국숫집은 등록되어 있지 않았다.

"고객님, 죄송합니다. 말씀하신 처갓집 칼국숫집은 등록되어 있지 않은데, 혹시 정확한 지역과 상호가 맞으십니까?"

"이상하다. 며칠 전에 114에서 전화번호 안내받고 예약하고 갔었는데."

"아~ 그러세요. 제가 다시 한번 조회해 보겠습니다."

안양시 동안구 관양동 칼국수 업종으로 조회한 결과, 7개의 칼국숫집이 등록되어 있었는데 '처갓집'이랑 비슷한 상호는 없었다. 순간! 단어 하나가 걸려들었다.

혹시 '장모님 손칼국수'?

"고객님~ 관양동에 '장모님 손칼국수'라는 곳은 있는데, 혹시 이쪽은 아니신가요?"

"아! 처갓집이 아니라, 장모님이네~! 아우, 죄송해요! 상담사님! 아유, 나이 먹으면 이렇다니깐."

"아~ 네 고객님. 장모님 손칼국수로 번호 안내해 드리겠습니다. 칼국수 맛있게 드세요."

처갓집과 장모님, 갑자기 헷갈릴 수도 있는 상호일 수도~.

그래도 찾아 드려서 다행이다.

🎧 114 척척박사: 시니어 편

"저기, 아가씨. 내가 나이가요~ 여든이 넘었어요. 기계로 돌리지 말고 아가씨가 한 자씩 차근~ 차근~ 알려줘야 해요. 저기 노인정 옆에 쌀 찧고 빻고 하는 데 있지요?"

"네 고객님. 노인정 근처에 쌀 찧고 빻는 '방앗간' 말씀이세요?"

"그치 그치! 거기!"

"혹시 사시는 지역이 어디이신가요?"

"응? 여기가 어디긴 어디야? 교암이지."

"아, 네~ 토성면 교암리 쪽 노인정 옆 방앗간을 찾으시는군요?"(강원도 고성군 토성면 교암리)

033 인입 호로 들어온 곳은 강원도 지역이고 교암리 쪽을 검색하니 다행히 토성면 교암리 교암 노인정 옆에 방앗간이 한 군데 검색되었다. 한 지역에 이렇게 딱 하나만 등록되어 있고, 빠른 시간에 검색이 되면 거의 로또에 당첨된 기분이다!

"고객님, 그쪽에 ○○방앗간이 있는데 전화번호 안내해 드릴까요?"

"그치 그치! 거기 거기! ○○방앗간! 아이고! 우리 아가씨 이제 똑똑해졌네! 하하하."

"아, 네. 그럼 제가 천천히~ 불러드리겠습니다. 일이삼에~ 사오….”

"응? 1, 2~ 머라고?"

분명 로또인 줄 알았는데! 불길하고 싸한 느낌이 서서히 밀려온다.

"네~ 고객님, 앞번호가 일~ 이~ 삼~ 이고, 뒷번호는 사~오~유~욱….”

"아휴~ 앞번호가 머라고? 가만히~ 가만히~ 있어 봐. 내가 귀가 먹어서, 에구~ 끊지 말고 잠깐만 있어 봐여! 저기 김씨 댁 바꿔줄게." 잠시 후, 김씨 할머니가 오셨다.

"잉? 누구여?"

또다시 엄습하는 불안한 느낌. 난 할 수 있어! 자, 마음을 가다듬고.

"네~ 고객님. 여기는 전화번호 안내하는 114입니다. 아까 어르신께서 ○○방앗간 전화번호를 여쭤보셨는데 제가 어르신께 말씀드려도 될까요?" (최대한 천천히 상황 설명 중)

"엥? 어디라고? 아~ ○○방앗간이라고? 저 양반이 아까 가래떡 뽑으러 간다 그러더니만 전화했구만.”

"고객님~ 여기는 방앗간이 아니고 전화번호를 안내하는 114입니다."

"응, 그래. 방앗간~. 내 이따가 같이 갈게요."

뚝! 뚜뚜뚜뚜….

결국, 그 두 어르신께 방앗간 번호는 안내해 드리지 못했지만, 쫄깃한 가래떡 잘 뽑으셔서 맛있게들 드셨지요?

"케이블카가 안 돼요! 고장 났나 봐, 또 안 돼."

"네~ 고객님. 케이블카! 고장 신고번호 말씀이세요?"

"응! 지지직~ 지지직만 하고 화면 뿌옇고 꺼매따가~ 안 되고 맛이 자주 가요, 이게!"

"혹시 케이블TV 고장 말씀이시군요?"

케이블카와 케이블TV, 고객들이 자주 헷갈리는 문의 중 하나다.

"거~ 남진이가 나오는 건데…."

"고객님, 죄송합니다. 다시 한번 말씀해주시겠습니까?"

"그~ 요새 있잖아요. 유명한 거. 남진이가 텔레비전에 나와서 광고하는 거 있잖아. 그거! 오줌~ 쉬원~하게 싸게 해주는 그 약! 그게, 그렇게 좋다는데! 그 전화번호 좀 알려줘요~ 옆집 할배가 먹었다는데 그 약이 그렇게 좋다네!"

"네, 고객님. 남진님이 광고하는 약 말씀이세요?"

"응, 그렇시! 남진이가 노래도 잘하고! 좋은 약 광고도 나오고,

아주 멋있어! 아주. 그치?"

"네~ 고객님. 그 약 이름은 쏘팔○○○입니다. 전화번호 안내해드리겠습니다."

"올커니! 그렇지! 그거 소파소파! 허허허."

고객들은 TV 광고만 보고 약이나 건강 보조식품 이름은 잘 기억하지 못한 채 문의하는 경우가 많아 기본적으로 유명한 약이나 건강 보조식품은 쉽게 찾을 수 있도록 DB 관리팀에서 정리해놓았다. 예를 들어, '남진'으로 검색하면 쏘팔○○○ 약 이름이 나오고 고객센터 전화번호가 검색되어 설명과 함께 번호까지 안내할 수 있도록 정리가 잘 되어 있다.

"며르치 아재~요."

"네, 고객님. 며르치 아재, 말씀이세요? 며르치이십니까? 멸치이십니까?"

"그 자동차 보험회사 있잖아요?"

"아, 네~ 고객님. 혹시 메리츠 화재 말씀이세요?"

"흐흐~ 며르치나 메리나, 흐흐흐."

건어물 가게 찾으시는 줄.

"라일락 전화번호 알려주세요."

"네, 고객님. 라일락 말씀이세요?"

복창하면서 우리는 바로 검색한다. '라일락'을 검색하자 라일락으로 시작하는 상호가 서울, 경기, 강원 DB 자료만 스무건 가까이 검색되었다.

"고객님, 혹시 업종이 어떻게 되십니까?"

"아이고, 그것도 모르나? 그 유명한 걸. 그 이빨 고치고 돈 주고 그러는 데 있잖아요." (이빨? 돈? 아하! 치아보험이구나!)

"아, 네. 고객님 혹시 치아보험 라이나 생명 말씀이세요?"

"그래요, 그래요. 그거! 라일락 보험! 그거!"

보험회사는 회사끼리 합병도 자주 되고 상호가 빈번하게 변경되며, 외래어가 대부분이기 때문에 우리도 고객도 헷갈리는 문의 중 하나다.

누군가에겐 감정노동자,
우리는 감정능력자

절망과 슬픔이 바뀌는 순간

"여보세요!"

"네, 고객님!"

"거기 114죠? 할머니가 쓰러지셔서 사설 응급차 좀 부르려고요! 전화번호 좀 빨리 알려주세요!"

다급한 목소리로 사설 응급차 번호를 찾는 한 고객. 114에 사설 응급차를 부를 수 있는 전화번호가 등록되어 있으므로 고객 위치를 파악해 신속하게 안내했다. 사랑하는 사람, 가족이 아프고 병이 들거나, 갑자기 정신을 잃고 쓰러질 때 세상이 무너지는 느낌이 든다.

아이들의 생일 케이크에서 초 개수가 늘어나고 부모님 머리카락이 희어지는 속도가 빨라지는 모습을 보고 있노라면 우리 부부는 생각한다. '그래, 건강이 최고야.' 속상하고 슬픈 일이지만 이삼십 대와는 몸 상태가 확연하게 다른 게 피부로 느껴진다. 조금만 무리해도 금방 피곤하고 이곳저곳 관절도 아프다. 다이어트한다고 조금만 굶거나 무리하면 앉았다 일어날 때 핑핑 돌고, 눈밑이 떨려온다. 마흔살에 들어서며 신경도 안 쓰던 영양제도 이것저것 챙겨 먹기 시작했다.

아무리 돈이 많고 좋은 것을 다 가졌어도 건강을 잃는다면 무슨 소용이 있을까? 사람은 언젠가 죽지만, 건강이 나빠 무거운 몸을 질질 끌 듯 힘겹게 살아가야 한다면, 그만큼 안타까운 일은 없다.

114 주 문의층이 60대 이상이다 보니 아무래도 전화번호 문의 중에 병원 관련 문의가 많다.

대학병원 이름과 지역은 줄줄 외울 정도이고 유명한 병원 이름도 자연스럽게 머릿속에 들어와 있다. 개인병원도 점점 많이 생기고 또 프랜차이즈처럼 운영되는 병원도 증가하는 추세다. 야간 진료와 주말 진료, 24시간 진료 병원도 늘어나고 있어서 점점 우리나라 의료 수준이 높아지고 있음을 느낀다.

하지만 병원 진료과와 명칭이 무척 다양하고 비슷한 경우가 많아 고객이 문의하실 때 상호나 지역을 혼동하거나 잘못 말씀하시는 경우엔 우리도 난처하거나 쩔쩔매는 경우가 생긴다.

고객들이 많이 혼동하는 진료과는 신경과와 신경정신과, 외과와 내과, 영상의학과와 통증의학과, 정형외과와 성형외과, 한의원과 한방병원 등이다. 상호가 의사 이름으로 된 병원은 생각보다 많은데, 의사명은 하루에도 셀 수 없을 만큼 자주 바뀐다. 하지만 우리가 진짜 성함으로 찾아 드리니 걱정은 안 하셔도 된다.

어쩔 땐, 우리가 간호사가 되어 어디가 아픈지 차근차근 처음부터 여쭤보아 진료받을 과를 우선 구분하고, 그다음엔 내비게이션으로 변신해서 가고자 하는 지역과 상호를 재차 확인한 후에 114 상담원으로 다시 돌아와 전화번호를 안내해 드리기도 한다. 그럴 때 대한민국이 금메달을 딴 것 같은 고객들의 열화와 같은 성원과 감동이 쓰나미처럼 몰려오기도 한다!

한 고객은 매일 밤잠을 설치고 악몽을 꾸어 힘들어

죽을 지경이라면서 검사도 받고 치료도 받고 싶은데 어느 병원으로 가야 할지 모르겠다며 전화를 주셨다. 요새는 이런 식으로 스트레스로 인한 수면장애가 더욱 많아지는 것 같다. 114 전화번호 안내 자료에도 수면 전문병원이 등록되어 있다. 지인도 이 병원에서 수면장애 치료를 받았다는 얘기를 들은 적이 있어 고객님께 설명하고 병원 위치와 번호를 안내해 드렸다. 고객님은 "아이고, 이런 병원이 있는 줄도 몰랐네"라고 하면서 진작 114에 전화해서 물어볼걸 그랬다며 아쉬워하셨다.

"고객님! 어디가 아픈지 말씀해주시면 진료 병원 안내해 드리겠습니다."

목욕탕에 가서 세신(때밀이)을 받고 마사지를 받았는데 세신하시는 분이 등에 올라가 마사지하다가 발을 헛디뎌 주저앉는 바람에 갈비뼈에 금이 가셨다고 한다. 계속 치료를 받고 지금은 많이 나아졌는데 아직도 기침하고 움직일 때마다 아프다며 아주 길게 설명했다. 결론은 물리치료를 받고 싶다는 말이었다.

나는 정형외과에서 물리치료를 하니 거주 지역 가까운 곳 병원을 안내해 드리겠다고 했다. 고객님은 정형외과는 싫고, '추골' 치료를 받는 곳을 알려달라고 했다. (추골 치료? 음…)

순간, 머릿속에서 단어 조합 프로세서가 돌아가기 시작했다.

"고객님, 혹시 '추나' 치료나 '접골' 치료를 말씀하시는 건가요?"

"아! 추골이 아니라 추나구나! 추나! 호호."

그렇게 긴 시간에 걸쳐 상담하고, 추나 치료를 잘 받을 수 있는 한의원 번호를 안내해 드렸다. 고객님은 눈물이 날 정도로 고맙다면서 결혼 안 했으면 며느리 삼고 싶다고 복 많이 받을 거라며 덕담을 하셨다. (고객님, 추나 치료 잘 받고 이제 뼈 조심하시고 행복하게 지내세요!)

2015년 6월, 잊고 싶지만 절대 잊히지 않는 주말 저녁이었다.

부모님과 식사하려고 친정에 갔다. 엄마가 차려주신 맛있는 저녁을 먹고 오순도순 즐겁게 대화하고 이제 집에 가려고 밖으로 나왔다. 우리를 배웅하려고 엄마도 같이 나오셨다. 주차한 곳까지 함께 걸어가는데 갑자기 엄마가 왼쪽 팔, 왼쪽 다리를 심하게 떨기 시작했다. 오른쪽은 멀쩡한데 왼쪽만 그랬다! 경련이 일어난 것 같았다. 본인 의지와 상관없이 그랬다.

난 너무 놀라서 "엄마, 왜 그래? 괜찮아?" 하면서 주저앉아 팔다리를 막 주무르기 시작했다. 1분여 정도 지났을까? 떨림이 멈추었다. 신랑과 아들도 놀란 듯 얼음장처럼 굳어 아무 말도 하지 못했다. 난 정신을 똑바로 차려야겠다고 생각하고 엄마를 쳐다보았다. 엄마도 많이 놀라신 것 같았다.

나도 너무 놀랐지만 침착하게 손과 다리를 주물러 드리면서 여쭤보았다. 예전에도 이런 적이 있었는지? 병원은 가 보았는지? 엄마는 어렵게 입을 떼셨다. 한 달 전부터 이런 증세가 있었고 처음에는 손만 조금 떨리더니 점차 떨리는 증세가 잦아졌고, 지금까지 이런 일이 다섯 차례 정도 있었는데, 병원은 안 갔다고 하셨다. 그 무렵 시어머니가 많이 아프셔서 요양병원에 계실 때였는데, 딸과 사위에게 신경 쓰게 하고 싶지 않았던 것이다.

순간, 엄마한테 하고 싶은 말이 많았지만, 꾹 참고 내일 병원에 가자고 얘기했다. 밤새 잠이 오질 않았다. 엄마가 갑자기 멈춰 서서 다리와 팔을 떠는 모습이 생생하게 생각나고, 병원에 가서 안 좋은 소식이 늘리지 않기

만을 눈물을 흘리며 기도했다.

신랑이 반차를 내고 엄마를 집에 가서 모시고 건대 병원 정형외과로 갔다. 병원 예약을 하지 못했기 때문에, 회사 가서도 노심초사 걱정하고 있었는데 다행히 한 자리가 있어 진료를 볼 수 있게 되었다. 어제와 지금까지의 증상을 엄마 담당 의사 선생님께 말씀드렸더니 이 증상은 정형외과가 아닌 신경과로 가라고 안내하셨다. 불현듯 외할머니가 생각이 났다. 외할머니는 뇌졸중으로 쓰러지셔서 70세도 안 되신 나이에 갑자기 돌아가셨다.

그동안 무서워서 일부러 이것저것 알아보지도 않다가 그 자리에서 핸드폰으로 폭풍 검색을 하기 시작했다. 초록색 검색창에 '손발 떨림병'이라고 검색하고 신경과 손발 떨림, 이것저것을 검색하기 시작했다. 수전증, 파킨슨병, 중풍, 여러 병명이 검색되었다. 아무래도 정밀 검사가 필요하다는 의견이 많았는데 엄마 증세를 종합해 보니 파킨슨병일 확률이 높아 보였다.

한편, 신랑과 엄마는 건대병원 신경과는 바로 예약할 수 없어 집과 가까운 강동성심병원으로 소견서를 써주어 가게 되었고 그곳에서 입원해 정밀검사를 받으셨다. 그 결과, 파킨슨병이 아닌 '모야모야'로 밝혀졌다. 당황스러웠다. 난생처음 듣는 병명이었다.

모야모야병은 발병 후 일단 증상이 생기면 원 상태로 회복할 수 없고, 병 자체의 원인을 제거할 수 없으므로 난치병에 속했다. 이 병은 완치라는 개념이 없으며, 주의사항을 잘 지키고 약을 잘 복용하면서, 1년에 한 번 정기적인 뇌 검사를 받아 결과를 측정해야 한다. 그리고 두세 달에 한 번씩 의사와 상담 진료 후 약을 처방받아야 한다. 심하면 머리카락을 다 밀고 뇌수술까지 받을 수 있다는, 갑작스럽고 청천벽력 같은 말을 들었다.

세상이 무너져내렸다. 눈앞이 캄캄해지고 머리가 멍해지기 시작했다. 아무 일도 손에 잡히지 않았다. 다음 날 회사에 나갔는데 도저히 감정 조절이 되지 않고 별의별 생각이 들어 집중할 수가 없었다. 20년 지기 친구 세진이도 엄마 소식을 듣고는 쉬는 시간마다 자리로 와서 함께 걱정하고 위로해주었다.

세진이 얼굴을 보자 참았던 눈물이 왈칵 쏟아졌다. 도저히 일을 할 수 없었다. 그때 팀장님과 눈이 마주쳤다. 팀장님은 휴게실에 다녀오라고 손짓하셨다. 바로 휴게실로 뛰쳐나가 세진이한테 기대 엉엉 울었다. 세진이는 아무 말 없이 등을 쓰다듬어주었다.

엄마를 병원에 두고는 회사 일에 전념할 수 없었다. 엄마 옆에서 손과 발이 되어 뭐든지 하고 싶은 마음뿐이었다. 회사에 가족 돌봄휴가가 있어 나는 휴가를 내고 엄마와 병원에서 함께 지냈다. 엄마 앞에서는 울면 안 될 것 같아 밖으로 나가 눈물을 훔친 적이 한두 번이 아니었다. 담당 의사 선생님은 모야모야병 전문가였고, 경력도 많은 분이어서 마음이 조금 놓였다. 엄마 상태를 보아 우선 시술을 하고 결과를 지켜본 뒤 수술이나 다른 방법을 알아보자고 하셨다.

"수술은 안 해도 될 것 같습니다."
선생님의 말씀에 긴장한 다리에 힘이 탁 풀리고 안도의 한숨이 나오면서 엄마를 와락 끌어안았다. 시술 후 다행히 수술까지는 가지 않아도 된다는 말씀에, 엄마도 나도 기쁨과 감사의 눈물이 멈추지 않았다. 뇌수술은 위험할 뿐만 아니라 후유증도 심각해서 진짜 걱정을 많이 했다. 엄마는 고혈압 때문에 매일 혈압약을 복용 중이었고, 또 관절염으로 정형외과 약도 드시고 있었다. 그런데 이제는 모야모야 치료약도 하루 3번씩, 그것도 평생 먹어야 했다. 숨이 가빠지는 심한 운동은 하면 위험하고,

한증막이나 사우나 등에 들어가선 안 되는 등 일상생활에서 주의사항이 많았다.

그래도 모든 게 감사했다. 선생님은 늦으면 뇌출혈로도 이어질 수 있는 병인데, 초기에 발견한 것이 참 다행이라고 하셨다. 현재는 시술과 약물치료만으로 현상유지가 가능한 상황이기 때문에 이 또한 감사했다.

나이가 한 살, 한 살 더해갈수록 죽음에 대해 생각이 많아진다. 특히 부모님의 죽음에 관해 그랬다. 지인의 장례식장을 다녀오거나 비보를 듣게 되면 나도 모르게 언젠가는 부모님께도 닥칠 일이라는 생각이 들었다. 그럴 땐 갑자기 우울해지기도 했지만 금방 마음을 다잡는다. 돌아가시기 전까지 후회할 일 없도록! 앞으로 더 노력하고 하나라도 더 챙기자, 다짐하고 또 다짐한다.

지금까지 엄마 아빠의 마음을 아프게 한 적도 있었고, 또 나도 모르게 하지 말아야 할 말도 했다. 철없던 딸, 부모님 가슴에 얼마나 상처를 주었을지…. 두 아이의 엄마가 되니 그 마음을 이제는 조금 알 것 같다. 과거보다 미래가 더 중요하다고 생각하고, 남은 시간 부모님의 하나밖에 없는 딸로서 최선을 다하고 행복하게 해드리고 싶다. 나의 부모님! 엄마, 아빠 딸 연진이가 사랑합니다.

강동성심병원 신경외과 조병문 교수님께 다시 한번 감사의 말씀을 전하고 싶다. 항상 따뜻하게 진료해주시고, 성심성의껏 환자들을 대해 주셔서 감사합니다.

🎧 114 상담원의 직업병

자나 깨나 고객님 & 안녕하십니까?

신입 시절에는 '고객님'과 '안녕하십니까?'를 많이 연습하고, 또 하루에도 천 번 이상은 말하기 때문에 회사 밖에서도, 때와 장소를 가리지 않고 튀어나오는 때가 많다. 특히 '고객님'은 헤어나올 수 없는 딜레마다. 집에 와서 부모님께도 고객님, 친구들과 통화할 때도 고객님, 택시 타고 기사님께도 고객님, 음식점 가서 주문하면서도 고객님…. 고객님, 고객님, 고객님~

간판이나 지역명이 적힌 교통 표지판에 눈길이 자주 간다

상호와 지역명 확인 습관은 내 일상이 되었다. 심지어 여행을 가서도 간판이 새로 바뀐 곳이나 표지판에 지역 이름이 있으면 자연스럽게 눈길이 가고 기억하려 한다. '아~ 저번에 고객님이 이

거 문의했는데, 여기 있었구나!' 하고 흐뭇한 미소를 짓는 나를 발견하면, … 이놈의 직업병!

거북목

온종일 컴퓨터 모니터를 보고 키보드를 이용해 검색하는 직업 특성상 바른 자세가 매우 중요하다고 누누이 듣지만, 오랜 시간 바른 자세로 앉아 일하는 것은 여전히 어렵다. 나도 어쩔 수 없이 거북목이 되어버렸다. 대한민국의 모든 거북목, 다들 힘냅시다!

손가락, 손목 관절염

컴퓨터를 많이 사용하는 직업군 특성상, 또한 주부라서 손가락과 손목은 항상 아픔에 시달린다. 주기적으로 파라핀 찜질과 손가락 팔목 마사지를 하지만, 그래도 아파 아파, 많이 아파!

허리와 골반 및 어깨통증

그렇게 다리 꼬면 안 된다고, 안 된다고! 한의원, 정형외과 의사 선생님들이 누누이 귀에 못이 박이도록 말했건만, 온종일 바른 자세로 일하지 못한 내 탓이긴 하오.
나이 먹어 고생하지 않으려면 컴퓨터로 장시간 근무할 때 바른 자세와 주기적인 스트레칭은 필수다

변비 및 소화 불량

쉬는 시간을 이용해 화장실을 가야 하는 직업 특성상 변비에 걸려 힘들어하는 동료 직원 이야기를 자주 듣는다. 나는 자주 체하는 편인데 쉬는 시간을 이용해 간식을 먹을 때 나도 모르게 빨리 먹는 경우가 많아 소화제를 달고 산다. 음식은 꼭꼭 씹어 먹어야지, 생각하면서도 입은 따로 논다.

스트레스로 인한 마음의 병

직업 특성상 원치 않는 스트레스를 받을 때가 있고 속으로 화를 참거나, 자기감정을 숨기고 응대해야 하므로 우울증과 화병, 심한 경우 공황장애까지 오는 경우도 보았다.

사람은 시련을 통해 강해진다는 말이 있지만, 사람마다 타고난 성격은 각각 다르다. 스트레스를 이겨 내고 환경에 잘 적응하는 법을 터득하는 사람도 있지만, 그렇지 않은 사람들은 심리적인 장애로 이어질 수 있으므로 이 일이 매우 힘들 수 있다. 불안, 불면증, 강박 등 불안 장애와 스트레스 장애가 심해질 때 혼자 앓거나 이겨 내려고 하기보다는 전문가나 주변의 도움을 받아 초기에 문제를 해결하는 것이 중요하다.

통화를 끝내도 상처는 남습니다

"띠리리리."

"네~ 고객님."

오늘도 어김없이 컴퓨터 본체와 모니터를 켜고 아이디와 비밀번호를 입력 후 114 안내 단말에 접속한다. 항상 로그인하면서 하는 생각은 똑같다! 오늘도 편안하고 즐거운 마음으로 고객들과 소통하는 하루가 되길, 그리고 '진상' 없는 하루가 되길.

입사한 지 4년 정도 되었을 때였을까?

잊을 수 없는 진상! 최악의 진상에 대한 기억이 아

직도 고스란히 머릿속에 남아 있다.

　"사랑합니다. 고객님!"

　"사랑이고 지랄이고 나발이고, 너네 자꾸 그런 식으로 할 거야?"

　"고객님~ 죄송합니다. 제가 잘 안내해 드리겠습니다. 어떤 부분이 불편하셨습니까?"

　"그러니까 너네가 거기서 전화나 받고 그러고 앉아 있는 거야. 무식한 년들!"(하~)

　"고객님~ 죄송합니다. 어디를 문의하셨는지 저한테 다시 한번 말씀해주시겠습니까?"

　"됐고! 너희 엄마들이 너희처럼 무식한 것을 낳고 미역국을 먹었다는 게 내가 다 원통하다. 근데 너희 초등학교는 나왔냐?"

　"고객님~ 죄송……."

　"자꾸 고객! 고객! 죄송! 죄송! 하지 마. 듣기도 싫어! 근데 너희 엄마 창녀지?"

　하~ 진짜! 짜증이 너무너무 밀려오고 얼굴이 빨개지고 손이 떨리기 시작했다.

　"고객님, 죄송합니다. 이곳은 전화번호를 안내하는

114입니다. 114는 장난 전화를 받지 않습니다. 더 이상 문의하실 사항 없으시면 제가 먼저 끊겠습니다."

"야! XX년아! 너 끊기만 해봐! 너 이름 뭐야? 내가 가서 회사 확 불 질러 버릴 거야! 무슨 말만 하면 끊는다고 하고 팀장한테 돌린다고 하고! 어? 내가 전화를 걸었는데 왜 네 맘대로 끊는다고 지랄이야? 어! 내가 누군지나 알아?"

진짜 안하무인이었다.

"말해봐~ 입 없어? 너네 엄마 창녀야? 아니야? 맞잖아, 응? 밤마다 다리 벌리고, 어?"

갑자기 확 눈물이 났다. 울먹거리면서 고객에게 응대했다.

"고객님, 부모님 욕은… 하지 말아주세요~ 흐흑…."

울음이 터져 버렸다. 나의 복받친 울음소리가 헤드셋을 통해 그대로 고객에게 전달되었다. 그 사람도 당황한 듯 그대로 전화를 끊어버렸다.

나는 더 이상 콜이 들어오지 않도록 준비키로 돌리고 그대로 책상에 엎드려 소리 내서 엉엉 울었다. 처음이었다. 응대하다가 울음이 터져 버린 건, 4년 만에 처음이었다. 옆에 앉은 짝꿍 언니가 나한테 황급히 오는 소리가 들렸다. 와서 아무 말도 안 하고 등을 쓰다듬었다. 언니의 따뜻한 손길은 내 눈물샘을 더 자극해 수도꼭지를 틀어 놓은 것처럼 눈물이 멈출 생각을 하지 않았다. 그날은 왜 그렇게 서글프고 울음까지 터져 버렸을까? 그런 날이 있다. 진짜 버티기 힘든 날이 있다. 유독 힘든 콜만 계속 들어오는 날이 있다.

상담원의 감정을 표출하지 않고 고객 입장에서 처음부터 끝까지 응대해야 하는 것이 우리 일이다. 난 이날 감정을 표출해버렸지만, 다행히 이제는 상담사 보호법이 생기면서 '긴급종료' 버튼이 생겼고, 우리에게 상처 주는 고객은 점점 줄어드는 추세이긴 하나 그래도 여전히 그런 고객은 있다. 폭언, 성희롱도 당연히 싫지만, 이렇게 다짜고짜 부모님을 두고 황당한 말을 하는 고객들은 울트라최강파워플러스알파 진상 중의 최악 진상이다. 이런 때는 더더욱 심장이 아프고 상처가 깊이 남는다. (요새는 이렇게 부모님 욕을 하는 고객은 거의 없다. 1년엔 한두 번 정도 있을까?)

20년 전 입사했을 때보다 이런 고객들은 손에 꼽을 만큼 점점 줄어들고 있긴 하다. 상담원에 대한 고객들의 인식과 전화 예절 수준이 높아진 부분도 있다. 또 녹취와

법의 강화, 언론 보도와 미디어 노출 등 여러 요소로 감정노동의 고충이 부각되면서 자연스럽게 악성 고객 콜은 줄어드는 추세다.

타인이 받을 상처를 생각하지 않고 폭언과 성희롱, 무례한 발언을 아무렇지도 않게 말하는 사람들. 자존감이 낮고 나약해 얼굴을 보고는 도저히 하지 못하는 말들을 전화상으로만 하는 사람들, 다른 데서 받은 스트레스를 수화기를 들어 애꿎은 상담원에게 푸는 사람들.

비록 얼굴을 보진 못하고 전화선을 통해 매일 천 명 이상의 고객을 만나지만, 음성과 말투를 통해 고객의 인격을 알고 내면까지 볼 수 있다. 사랑을 많이 받지 못한 사람은 불완전한 감정이 그대로 성격으로 자리 잡아 심리적으로 불안한 사람으로 성장한다. 그래서 일부러 관심을 끌려 하고 애정 결핍 이상의 병적인 모습이 표출되는 것 아닐까? 언젠가부터 난 그들에 대해 이렇게 생각하게 되었다.

몇 달 전, 퇴근이 얼마 남지 않은 시간이었다. 직장인이라면 이 시간 무렵이 되면 모두 약간은 기분이 업된 상태다. 저녁 시간이 가까워질수록 고객 문의에는 음식점과 배달 음식 문의가 많아진다.

　　나도 그날은 간만에 신랑과 단둘이 저녁 데이트가 있어 평소보다 더 기분이 좋은 상태였다. 동네에 소갈비살 집이 새로 열어 신랑 퇴근 시간에 맞춰 고깃집에서 만나기로 했기 때문이다. 고객들이 맛있는 메뉴를 말하며 번호를 문의할 때마다 '나도 이제 곧 소갈비집에 간다! 가서 숯불화로구이에 야들야들한 소갈비를 굽고 기름장에 찍어 맛있게 먹어야지! 시원한 소맥을 곁들여!' 이 생각을 하면 침이 꼴깍 넘어가고, 행복한 상상을 하게 되니 나도 모르게 목소리도 밝아졌다.

　　퇴근이 한 10여 분 남았을까? 한 중년 여성 고객으로부터 걸려온 전화였다. 고객이 원하는 번호를 찾아 육성 안내를 원해 전화번호를 안내하고, 끝인사로 "감사합니다"라고 말하고 전화를 종료하려던 순간이었다.

　　"저기~ 혹시 접대부예요?"

　　음, 잘 알아들었지만, 혹시나 하여 재요청 멘트를 진행했다.

　　"고객님, 다시 한번 말씀해주시겠습니까?"

　　"접대부냐고요?"

　　"아닙니다." 갑자기 왜 찬물을 끼얹는지.

"아~ 목소리가 예뻐서요. 접대부 하면 잘할 것 같아서."

그 말을 하고 뚝 전화를 끊어버리는 고객. 헛웃음이 나왔다. 맛있게 저녁을 먹는 상상을 하고 있었는데, 기분이 완전히 다운될 뻔했지만, 마인트 컨트롤을 했다.

'그래 그래. 내 목소리 이쁘다고 칭찬한 거로 생각하자!' 그렇게 나머지 10분을 버텼다.

그날 소맥을 엄청 많이 마셨다는!

상담사로 일한 지 20년.

나와 선후배, 동료들에게 욕하고, 성희롱 폭언을 했던 그 사람들 얼굴은 한 번도 본 적 없지만, 이제는 그들 내면을 볼 수 있다. 만약 마음이 드러나는 마법의 거울이 있다면 그들에게 보여주고 싶다. 우리의 갈기갈기 찢긴 상처들을. 연고를 바르고 바르고 발라도, 딱지가 생기기도 전에 다시 쓰라린 우리의 아물지 않은 상처들을!

부모에게 자식이란

60세는 넘어 보이는 한 남성 어르신에게게서 걸려온 문의 전화였다. 주위가 시끌벅적하고 고객 목소리는 흥이 한껏 올라 목소리 톤도 경쾌한 상태였다. 친구들과 오랜만에 서울에서 강원도로 여행을 갔는데 민박집과 맛집을 소개해달라고 하신다.

서울 콜센터에서 서울, 경기, 강원도 콜을 다 받다 보니 강원도 안내도 문제없었다. 114 맛집에 DB도 잘 등록되어 있어 자신 있었다. 고객이 있는 동해시의 상세 지역 확인 후 횟집과 민박집 전화번호를 안내해 드렸는데 좋아하시며 정말 고맙다고 말했다.

그런데 마무리할 즈음에 당신에게 아들이 하나 있다고 하셨다. 그러시더니 아들 자랑을 시작하셨다. 아들이 가수가 되어 음반을 냈다고 하시면서 가수 이름과 노래 제목까지 또박또박 알려주셨다. 아주 좋으니 꼭 들어보라는 말과 함께. 근무 끝나고 찾아서 들어보겠다고 하니까 정말 감사하다면서 한 번 더 아들 이름과 노래 홍보를 하며 전화를 끊으셨다.

부모에게는 자식이 어리든 크든 항상 소중하고 사랑스럽고, 무언가를 해내면 이렇게 모르는 사람에게라도 자랑하고 싶고 그런가 보다. 그게 부모의 마음이고 사랑인 것 같다. 나도 회사 성적이 별로 좋지 않았던 어느 날, 때마침 딸아이 유치원 상담을 가게 되었다. 갈 때는 어깨도 처지고 기운도 없었는데 유치원에 도착해 담임 선생님께 딸 칭찬을 듣자 움츠러들었던 마음이 치유되면서 힘이 솟았다. 딸이 대견하고 고마웠다. 부모가 되니 그 마음을 조금은 알 것 같다.

우리 아버지도 그러실까? 아버지한테 평소 잘하지 못했고, 자랑스러운 딸이었는지조차 자신이 없다. 어렸을 때는 너무 엄격하고 성격이 강한 아빠의 기내지에 맞출 수 없었다. 늘 걱정만 하시고 내 의견은 존중해주지 않는 아빠가 미운 적도 있었다. 하지만 지금 생각해보면 아빠가 왜 그러신 줄 알 것 같다. 하나밖에 없는 딸이 잘되기를 바랐던 마음이었다. 모든 걸 아낌없이 주고 싶었지만, 뜻대로 풀리지 않는 야속한 인생은 아빠에게 쓴맛과 좌절감을 남겼다. 자존심이 강한 아빠가 점점 작아질수록 내 마음도 아프고 한없이 쓰렸다. 아빠의 계속되는 사업 실패로 내가 상처받고, 다른 길로 엇나갈까 봐 항상 마음 졸이며 미안함 반 걱정 반의 마음을 그런 단호함으로 표현하신 것 같다.

이제는 아빠가 나와 엄마 옆에서 건강하게 계신 것만으로도 감사하다. 엄마에게 하는 것처럼 살갑게 못 해서 서운해하실 수도 있을 거다. 부모님과 자유롭게 여행할 수 있는 날이 빨리 왔으면 좋겠다. 그전에라도 가끔은 아빠 팔짱 끼고 동네 산책이라도 해야겠다. 집에서 마주보고 하기 어려운, 고맙다는 말, 사랑한다는 말을 꼭 해야겠다. 소중한 관계에서도 표현하지 않으면 모르고 지나간다.

부모님의 마음이 들립니다

아무리 의학이 발달하고 100세 시대라고 하지만 아픈 사람들은 여전히 많다. 그래서 많은 사람의 소망 중 하나가 건강하게 살다가, 죽음을 맞이할 때 괴롭지 않고 편안하게 죽는 것 아닐까 싶다.

어르신들이 114에 전화하셔서 '연명 치료 거부 등록'을 할 수 있는 곳을 알려달라고 하는 경우가 종종 있다. 그리고 나지막이 혼잣말을 하신다. "자식들한테 짐이 되지 말아야지." 연명 치료란, 치료 효과가 없이 단지 인공호흡기, 항암제, 수혈 등으로 임종 시간만 연상하는 의료 행위를 말한다.

이런 콜을 받을 때면 마음이 무거워지고, 삶과 죽음을 다시 한번 생각한다.

사람은 누구나 죽는다. 난 솔직히 죽음이 무섭다. 많은 사람이 죽음을 늦추고, 건강하게 살기 위해 운동하고, 몸을 관리하고 영양제와 건강식품을 섭취하며 자기만의 방법으로 건강을 지키며 살고 있다. 나 또한 결혼하고 가정을 꾸려 눈에 넣어도 아프지 않은 자식들을 키우고 사랑하는 남편이 있으니, 행복하게 오래오래 살고 싶은 게 사실이다.

하지만 인생은 자기 뜻대로만 되지는 않는 법! 소리 없이 조용히 다가오는 죽음을 맞이하는 상황을 가까이서 지켜볼 때면, 그 허탈함과 쓸쓸함은 이루 말할 수 없다.

15년 가까이 치매에 걸리신 어머님을 밤낮으로 집에서 지극히 돌보시던 시아버님은 결국, 어머님을 먼저 하늘나라로 보내셨다. 어머님이 돌아가신 후 아버님은 많이 허전하고 쓸쓸해하셨다. 우리 신랑은 막내이고 누나와 형이 있는데, 세 남매는 아버님께서 하루빨리 생기를 되찾으시도록 노력했다.

결혼하기 전 아버님 댁이 부산에 있을 때, 첫째 형님[신랑의 형수]은 아주버님과 매주 서울에서 부산까지 내려가 어머님과 아버님을 찾아뵈었다. 형님과 나는 나이 차이가 10살 이상 난다. 하지만 결혼한 지 10년이 지난 지금도 형님 동서 사이에 작은 다툼 한 번 없이 잘 지내고 있다. 사회생활도 선배, 육아도 선배이기 때문에 이것저것 많이 배운다.

10살 정도 차이가 나는 둘째 형님[신랑의 누나]도 나를 많이 예뻐해주신다. 사회 봉사도 많이 하고 환경보호에도 관심을 많이 기울이는, 천상 여자 미술 선생님이다. 사랑이 많은 형님이 아버님과 가까이 사셔서 내가 무리 없이 일할 수 있었다. 정말 감사하다.

세 남매는 아버님의 적적함을 덜어드리기 위해 문화센터도 가실 수 있게 수업도 알아봐드리고, 자주 찾아뵙고, 대화도 많이 나누고 가족 모임도 더 많이 하고 외롭지 않으시도록 최선을 다했다. 아버님은 집 앞에 작은 텃밭을 가꾸셨는데 계절마다 풍성한 채소가 한가득이었다. 자식들이 갈 때마다 정성스레 가꾸신 채소를 박스에 열을 맞추어 고이 담아 항상 두 손 무겁게 챙겨주셨다. 감나무와 매실나무도 있어 해마다 감과 매실노 따서 나누어 주시고, 달콤하고 맛있는 홍시도 만들어주셨다. 김장 시즌이 되면 배추와 무도 텃밭에서 미리 뽑아 다 준비해서 챙기셨다. 경상도 분이시라 무뚝뚝해 보이지만 사랑 표현법이 조금 다를 뿐, 사랑이 참 많으셨다.

어머님께서 돌아가신 지 2년 정도 지났을 무렵, 주말이었다. 아버님댁에서 점심식사를 하고 애청하시는 〈전국노래자랑〉을 함께 보고 있었다. 아버님께서 조용히 말문을 여시는데 며칠 전부터 자꾸 어지럽고 빈혈 증세가 있어 동네 내과에 가셨는데 의사가 혈액검사를 하자고 해 검사를 마쳤고, 결과는 다음 주에 나온다고 하시며 약간 걱정스러운 표정으로 말씀하셨다. 딸내미[신랑의 누나]와 함께 다음 주에 병원을 가기로 하셨다며, 자꾸 어지럽고 머리가 핑 도는 느낌이 든다고 하셨다.

다행히 둘째 형님이 아버님과 가까운 곳에 계셔서 함께 병원에 모시고 다니면서 틈틈이 소식을 알려주셨다. 피 검사 결과, 동네 내과에서는 간수치가 너무 높게 나와 위험하다며 아버님께 금주를 당부했고, 큰 병원에 가서 정밀 검사와 재검사를 받아볼 것을 권했다.

큰 병원에서 재검사 결과, 아버님은 담도암 말기라

는 판정을 받으셨고 가족 모두 급작스러운 상황에 말문이 막혔다. 정작 당사자께서는 내색을 안 하시고 덤덤하셨지만, 제일 놀라셨을 것이다. 서울대학병원에 입원하신 후 수술 치료는 의미가 없고 연세가 많아 할 수도 없다는 주치의의 권유에 따라 항암 치료가 시작되었다. 그렇게 아버님은 2년 동안 암세포와 힘들게 싸우시며 버티셨다.

끝내 아버님은 어머님을 따라가셨지만, 돌아가시기 전까지 자식들이 주는 용돈을 알뜰살뜰 모으셔서 우리 몰래 땅을 사놓으셨고, 적금을 들어 놓으셨다. 그리고 삼 남매에게 그것을 나눠 주셨는데, 안 쓰고 안 먹고 추운 날에도 난방비 아낀다고 두꺼운 점퍼를 입으시던 생전 모습을 생각하니, 그 애틋함이 비로소 확 밀려들었다.

부모는 그런가 보다. 자식에 대한 끝없는 사랑과 배려 그리고 헌신. 연명 치료 거부를 신청하는 모든 부모의 마음도 이와 같으리라. 자식들에게 무거운 짐을 안기는 게 싫어서, 자식들 하루라도 마음 편하게 살라고….

자식들은 후회한다. 나중에 꼭 후회한다. 돌아가시면 후회하고 눈물을 흘리며, 본인이 부모에게 잘못한 점과 못해 드린 것을 가슴을 치며 안타까워하지만, 시간은 되돌릴 수 없고 옆자리에 부모는 계시지 않는다. 애써 자신을 토닥이지만, 잘못했던 기억이 더 생생하게 남는다.

아직 기회가 있는 분들은, 조금이라도 후회하지 않기 위해 옆에 계실 때 사랑과 감사의 마음을 표현하고 말하며, 그렇게 살아가도록 했으면 좋겠다.

누구를 위하여

명절에 전화하는 고객들은 평소보다 목소리도 밝고, 기분 좋은 인사와 덕담 한마디씩 해주는 분도 많다. 설날에는 "새해 복 많이 받으세요! 떡국 드셨어요?", 추석에는 "송편 드셨어요? 추석 잘 보내세요, 상담사님!" 하며 먼저 인사하신다.

그럴 때는 송편을 먹지 못했더라도 아직 떡국을 못 먹었어도, 고객들께 선의의 거짓말을 할 수밖에 없다. "네네! 아주 맛있게 먹었습니다, 고객님!" 하고 웃으며 답변하고 감사하다고 인사드리며 짧게라도 행복하시긴

기원한다.

어느 명절날이었다. 그날도 근무하며 콜을 받고 있었다. 30대쯤으로 들리는 여성 고객의 목소리였다.

"상담사님!"

호칭을 '상담사'라고 하는 고객은 진짜 드문 편이다! 호칭 없이 바로 용건을 말하는 것이 대부분이고, 저기요, 아가씨, 선생님, 아줌마 등으로 부르실 때도 있고, 연결되자마자 욕으로 시작하는 나쁜 사례도 있다.

"아~ 네네! 고객님! 어디를 문의하십니까?"

"다름이 아니라요, 제가 상담사님을 위해 기도를 해드리고 싶은데요."

엥? 기도?

갑자기 추억이 소환된다. 이십 대 어느 날, 시내 한복판을 걷다가 저 멀리서 여자 두 분이 나를 향해 걸어온다. 아주 온화하고 천사 같은 표정으로, 세상 착한 눈빛으로 나에게 말을 건다.

"참 영이 맑아 보이네요.""아주 큰 꿈을 가지고 있으시지요?"

나는 어색한 미소를 지으면서 아주 빠른 걸음으로

바쁜 약속이 있다고 말하고 후다닥 줄행랑을 쳐서 순간을 모면한다. 하지만, 지금은? 상황이 틀리다. 바쁘다고 하며 도망칠 수가 없다.

"아, 네네, 고객님! 기도 말씀이세요?"

"네, 상담사님! 제가 상담사님을 위해 기도를 해드리고 싶어요!"

다시 한번 말씀하시는 고객님! 어찌해야 할까?

"아 네~."

"상담사님께서 1부터 10까지 천천히 세어주시면 제가 그 시간에 상담사님을 위해 기도하겠습니다!"

'아! 어쩌지? 숫자를 세라고? 1부터 10까지? 아~ 진짜 어떻게 해야 하지? 만약 전화를 그냥 종료하면? 나를 저주하는 주문이라도 외우면 큰일인데. 에잇! 몰라, 돈 드는 것도 아닌데! 그냥 눈 한번 딱 감고 시키는 대로 10까지 한 번 세자!' 짧은 시간 참 많은 고민을 했다.

"네~고객님, 그럼 지금부터 숫자를 셀까요? "

"네~에! 상담사님!"

"하아나나아… 두우우울… 세에에엣… 네에에엣… 다아서엇… 여어서엇… 이일고옵… 여어덟업… 아아오

홉… 여어어어얼.”

혹시 너무 빨리하면 기도 시간이 부족할까 봐 최대한 천천히 숫자를 열까지 셌다.

장하다, 김연진! 친절하다, 114상담사!

“고객님?”

“네~상담사님!”

“감사드립니다!”

“네, 감사합니다!”

그렇게 무사히 통화는 종료되었다.

다른 직업에 있었더라면 상상하지 못했을 이런 당황스러운 콜도 많이 받는다. 친구들에게 가끔 이런 얘기를 하면 “진짜야? 에이, 거짓말!” 이런 반응이 많다. 가끔은 영화보다 더 영화 같은 일이 현실에 생긴다고 하지 않는가? 진짜 그런 것 같다.

선의로 기도해준다는데 좋은 마음으로 받기로 했다. 하지만 진짜 어떤 마음으로 114에 이런 전화를 했는지 궁금하긴 하다.

평생 잊지 못할 말

"더운 날씨에 힘드시죠?"

"감기 걸리셨나 봐요~ 따뜻한 물 많이 드세요."

"코로나인데 상담사님 아프지 마시고, 건강하시고 항상 힘내세요!"

"도와주셔서 정말 감사드리고 항상 행복하시고 복 받으세요!"

"목소리가 천사같이 아름답습니다. 제가 다 힘이 나네요!"

"정말 친절하시네요, 고맙습니다!"

"기분이 안 좋았는데 상담사님 웃음소리와 목소리 들으니까 절로 기분이 좋아지네요."

"상담사님! 너무 감사합니다. 덕분에 잘 알게 되었습니다!"

"어쩜~ 이렇게 고마울 수가! 눈물이 나네요."

"이 늙은이 도와줘서 평생 못 잊을 것 같아요. 상담사님, 감사드리고 복 많이 받으세요!"

고객들의 힘이 되는 한 마디!

고객의 따뜻한 응원과 격려 한 마디가 우리에게 얼마나 큰 위안과 위로가 되는지 모른다.

어느 날, 며칠 늦은 오후 근무 시간, 이 일을 하며 처음으로 "존경한다"는 말을 들었다. 기분이 참 묘했다. 너무 훌륭하신 분이고 존경한다는 고객님 말씀이 하루 피로를 싹 가시게 했다. 마음이 따뜻해지면서 눈물이 고였다. 고객께도 정말 감사하다고 말씀드리면서, 그런 말씀이 참 힘이 된다고 하며 응대를 종료했다. 여운이 길게 남았다.

콜센터 상담사들의 이직률이 높은 이유는 급여, 스트레스, 회사 및 상사와의 문제 등 개인 사정도 있겠지만 도저히 참기 힘든 고객들을 상대하다 지쳐 쓰러졌다가 다시 일어나지 못했기 때문일 것이다. 그때 사직서를 제출하고 쓸쓸히 퇴장하는 경우가 많다.

다짜고짜 "야!" 반말로 시작해서 끝까지 반말하는 고객이 있는 반면, 얼핏 들어도 80세는 넘는 나이 지긋한 어르신께서 민망할 정도로 높임말을 쓰시기도 한다. 그럴 때는 몸 둘 바를 모를 정도로 감사하고, 나도 나이들어도 저렇게 좋은 성품을 지닌 사람이 되어야겠다고 마음으로 다짐한다.

고객들이 해주신 덕담들, 칭찬들, 감사 인사들… 소중한 한 마디 한 마디! 모두 마음속에 영원히 간직하고 기억하겠습니다.

힘들고 지쳐서 쓰러질 것 같은 때도 있지만, 이런 고객 덕분에 힘이 납니다.

사랑합니다. 고객님!

계속 사랑해주세요, 반려동물

　예전보다 문의 빈도가 높아진 것 중 하나를 꼽으라면 반려동물과 유기 동물에 관한 것이다. 점점 혼자 사는 사람, 비혼자, 핵가족이 늘어나서 동물들과 정을 나누고 가족처럼 생각하려는 사람들이 많아졌다.

　그중 가장 많이 찾는 반려동물은 귀엽고 사랑스러운 강아지, 그 뒤를 바짝 쫓는 우아함의 대명사 고양이 그리고 고슴도치, 토끼, 거북이, 햄스터 등등 포유류, 양서파충류, 어류, 곤충류… 그리고 여러 종류의 조류들도 함께 생활한다.

예전에는 사람에게 즐거움을 주기 위해 기르는 동물이라는 뜻이 강해 '애완동물'로 불렀다. 하지만 현재는 동물과 사람이 더불어 살아가고, 동물이 주는 여러 혜택을 존중하며 심리적으로 안정감과 친밀감을 주는 친구나 가족 같은 존재라는 뜻에서 '반려동물'이라고 부른다. 우리 마음이 차갑고 외롭게 변해갈 때도 동물들은 변함없이 우리 곁에 있다.

반려인 인구가 2,500만 명을 넘어서면서 2020년 기준 반려동물 관련 전화 문의도 약 28만 건으로 많아지고 있다. 과거에는 대부분 애견용품 판매점, 동물병원, 애견 미용실 정도의 문의였다면 최근에는 반려동물 입양, 호텔, 동승 가능 택시, 펫 사진관, 펫 보험, 펫 장례식장 등등 다양하고 폭이 넓다. 유기 동물 신고, 야생동물 사체 발견 및 신고, 길고양이 신고 시에도 114에 전화해 어떻게 해야 하는지 문의하는 고객이 많다.

휴가철인 7~8월 유기동물 발생 건수가 평월대비 30% 이상 급증함에 따라 114는 유기동물신고 및 보호센터 전화번호도 함께 안내하고 있고 유기동물을 발견했거나 반려동물을 잃어버린 경우에도 114로 문의하면 관련 기관 전화번호를 편리하고 쉽게 안내받을 수 있다.

반려동물과 관련된 공공기관, 반려동물 등록, 광견병 예방접종, 유기동물 입양비 등에 대한 지원 정책을 시행하는 지방자치단체 정보도 함께 제공해 반려인들에게 많은 도움이 되기 위해 힘쓰고 있다.

　동물에 관한 문의 내용도 가지각색인데 집에 뱀이 들어왔다고 펄쩍 뛰면서 놀라 전화하는 고객, 베란다 문을 열어 놨는데 새가 들어와서 나가지 않는다고 '휘이휘이' 쫓아내면서 전화하는 고객, 새들이 둥지를 지어 사는데 어떻게 해야 할지 난감하다고 하는 고객 등 어떨 때는 〈동물농장〉, 〈세상에 이런 일이〉 방송 프로그램 제보 전화를 받는 것 같을 때도 있다.

　반려동물에 관해 받은 전화 중 가장 생생했던 콜이 있다. 애절함과 울음이 뒤섞인 중년 여성 고객이었다. 처음에는 거의 알아들을 수 없었지만, 무수한 감정을 힘겹게 꾹꾹 누르며 이야기하는 고객의 심정이 내 마음에도 고스란히 전달되었다. 10년을 넘게 키우던 강아지가 급격히 몸이 안 좋아졌고, 잘 보살폈지만 어쩔 수 없이 방금 하늘나라로 먼저 보냈다는 사연이었다. 그분은 반려견 장례 서비스를 받을 수 있는 전화번호를 문의했다. 너무 슬픈 목소리에 나 또한 마음이 아팠고, 예전에 키우다가 떠난 반려견 '나리' 생각이 나서 그 마음이 충분히 이해가 갔다. 시간이 조금 많이 걸리고 힘들겠지만, 사랑하는 반려견의 장례와 애도를 잘 마무리하고, 하루빨리 안정을 찾고 평온한 일상을 회복하길 바랐다.

살아가면서 우리는 수많은 상실과 이별을 경험한다. 가족, 연인, 반려동물 등과의 이별은 언제나 감당하기 힘든 아픔, 슬픔, 고독감과 공허함을 안긴다. 대부분 사람보다 짧은 생을 사는 반려동물과의 삶에서 이별이란 어쩔 수 없는 순간이고, 어쩌면 가족보다 더 의지했던 반려동물을 떠나보낸 후 느끼는 상실과 고통은 상상을 뛰어넘는다.

고객에게 전화번호를 안내해 드리고 위로의 말씀을 전한 후 콜을 종료했지만, 예전 나리의 모습과 나리를 떠나보내던 때의 기억이 소용돌이처럼 휘몰아치며 밀려들어 와 집중이 잘 되지 않았다.

반려동물 입양을 결정할 때 중요하지만 간과하는 부분이 있다. 그들과 함께 살아가는 데 얼마나 많은 비용이 들어가는지 알아야 하고, 그럼에도 끝까지 책임지겠다는 각오와 끊임없는 노력이 필요하다는 것을 한순간도 잊지 말아야 한다.

진짜 같은 가짜

엄마한테 카톡이 왔다. 집에 지갑을 두고 나왔는데 급하게 돈을 부쳐야 할 곳이 있다면서 계좌이체를 해달라는 것이었다. 이상해서 엄마에게 바로 전화했다. 금시초문! 집에서 저녁 준비를 하고 계시는 엄마! 역시 사기였다. 엄마 번호 그대로 카톡이 와서 더 놀랐다. 카톡 프로필 문구를 바로 변경했다.

"카톡으로 돈을 요구하는 사람은 제가 아닙니다. 절대 돈을 보내지 마세요"라고!

어느 날은 엄마가 무척 당황하며 나에게 전화했다. 엄마에게 없는 신용카드인데 이상한 문자가 왔다고 한다. "○○카드에서 165만 원이 결제되었습니다. 안마 의자가 곧 발송됩니다." 엄마는 누가 도용한 것 같다면서 어떻게 하느냐고 어쩔 줄 몰라 하셨다.

114에도 이런 문자를 받고 놀라 전화하시는 분이 많아 피싱 문자인 걸 알고 있었다. 엄마에게 내용을 설명해 드렸다. 문자가 온 발신번호로 내가 전화를 했다. 어떤 여자가 받았고 내가 꼬치꼬치 캐묻자 그냥 전화를 끊어버렸다. 아무것도 모르는 누군가가 전화하면 이런저런 얘기를 하면서 또 악마의 목소리로 구덩이를 파겠지?

급하게 한 병원의 응급실 전화번호를 찾는 어르신 고객이 114에 전화하셨다. 방금 아들에게 전화가 왔는데 교통사고를 당했다고 돈을 부쳐야 하는데 큰일 났다고 하신다. 최근, 신종 사이버 범죄 '딥페이크' 범죄가 극성이다. 딥페이크deepfake는 인공지능의 심화 학습을 뜻하는 딥러닝deep learning과 가짜라는 뜻의 페이크fake가 합쳐진 용어로, 인공지능이 특정 인물의 사진이나 목소리를 학습해 진짜처럼 합성하는 기술을 말한다. 기술이 빌딜하고 진화해서 이제 목소리를 거의 비슷하게 따라 한다.

딥페이크 기술을 활용해 실제 인물의 모습과 목소리를 따라 하는 가상 인물을 만들어 디지털 범죄로 이용하는 것이다. 현재 가장 많이 이용되는 수법 중 하나가 가족의 목소리와 똑같은 음성으로 보이스 피싱 범죄를 저질러 금품을 요구하는 것이다. 특히 가족들이 사고를 당했다거나 급한 일이 있어 돈이 필요하다고 하면 목소리가 똑같으니 한 치 의심도 없이 깜빡 속아 넘어가는 경우가 대부분이다. 나도 이 기사를 보았을 때 걱정되는 마음에 이런 범죄가 악용되고 있다는 것을 가족들에게 전하고 암호를 정했다. 우리만의 질문과 암호를 정한 후에 이런 전화, 문자, 메일, 카톡 등이 오면 그 질문에 대답하면 진짜고 대답을 못 하면 가짜로 판정하기로 했다.

과학의 발달은 우리 생활에 편의를 제공하지만 이렇게 커다란 어둠을 남기기도 한다. 보고도 믿을 수 없는, 영화에서만 보았던 가짜 같은 현실이 일상 속에서 벌어지는 것이다.

일전에 『휴먼스』라는 영국드라마를 흥미롭게 보았다. 가까운 미래를 배경으로 인간과 유사한 휴머노이드

〈인조인간〉가 대중화되기 시작하면서 생기는 이야기이다. 인상 깊은 장면과 대사들이 많은 생각을 하게 했다.

한 남자가 육아와 살림에 시달린다. 이 남자의 아내는 현직 변호사이며 가정의 수입을 책임지고 있기에 남편이 어쩔 수 없이 아이들을 돌보고 집안일을 하는 상황이다. 어느 날 독박 육아와 살림하는 것에 스트레스가 폭발한 남편은 쇼핑하러 가서 로봇 '아니타'를 구입하면서 드라마는 시작된다. '아니타'는 청소도 빨래도 육아도 하고 아이들에게 책도 읽어준다. 맛있는 식사까지 뚝딱 완벽하게 만들어 세팅해놓고 주인을 부른다. 인간과 너무 흡사한 모습, 오히려 인간보다 더 탁월한 일 처리에 소름이 끼칠 정도다. 드라마는 이처럼 인공지능이 인간의 일을 하나씩 대체해 가면서 생활 속에 아주 깊숙이 들어오는 과정을 보여준다.

주부들은 알 것이다. 신랑이 많이 도와주더라도 집안일은 끝이 없다. 해도 해도 티 안 나는 것이 집안일이다. 일하고 집에 와서 세탁기 돌리고 청소기 돌리고 저녁하고, 설거지하고 세탁기에 있는 빨래 널고 하면 녹초가 된다. 건조대에 늘어져 있는 빨래처럼 내 몸도 축 늘어져 있다.

그러는 중에 구세주 식기세척기와 건조기를 사게 되었다. 와우! 언블리버블! 이런 신세계가 다 있나? 이건 혁명 중의 혁명! 만세 백창을 해도 될 판이었다. 하지만 사람 욕망은 끝이 없다. 아이가 생기고 옷이 점점 늘어나고, 여름에는 옷을 몇 번씩 갈아입는지. 하루에 3번 세탁기를 돌린 적도 있다. "엄마 있잖아~ 김서방이 건조기 사줬을 때 너무너무 좋았다. 그런데 지금은 빨래 개는 기계가 있었으면 좋겠어. 호호호. 누가 그런 기계 안 만들어주나?" 그리고 며칠 후 우연히 이 드라마를 보게 된 것이다. 많은 생각이 들었다. 우리의 일을 모두 로봇이 대체한다면, 우리가 할 일이 없어진다면? (스포일러가 될 수 있으니 궁금하신 독자들은 직접 감상해보시라.)

예전부터 꾸준히 지속되는 보이스 피싱 피해 사례. 어르신뿐 아니라 누구나 한 번쯤은 받아보았을 것이다.

○○지검 ◇◇수사관, ◇◇경찰서 ○○수사관이라고 하면서 전화를 걸어온 후 대포통장에 당신 통장이 이용되었다고 겁을 주고, 빨리 해결하려면 아무한테 말하지 말고 가까운 현금인출기로 가라고 한다. 은행에 있는 돈을 다 찾아서 알려주는 계좌로 돈을 입금해야 안전하

다고 말한다.

보이스 피싱 사기 피해, 남의 일이 아니다. 이런 전화를 받았는데 어떻게 해야 하는지 114에 전화해서 도움을 요청하는 경우도 제법 있다. 나도, 내 주변, 내 가족도 당할 수 있는 일이고 항상 조심해야 한다. 전화나 인터넷 등을 활용하여 수법은 점점 다양하고 치밀해지고 있다.

나도 보이스 피싱 전화를 받은 적이 있다. 원래 모르는 전화는 받지 않는데, 반품 택배 때문에 전화 올 곳이 있어 그날따라 받은 전화가 딱 보이스 피싱이었다. 받자마자 알았고 나도 괘씸한 마음이 들어 상대방을 골탕 먹이고 싶었다.

"○○지검 ◇◇수사관"이라고 하면서 내 이름을 알고 있었고 지금 어떤 사건에 내 이름으로 대포통장이 개설되어 ○○은행에서 몇 년 몇 월에 통장을 개설한 적이 있는지 물어보면서 대본을 읽어 내려갔다.

○○은행 통장은 있으나 그 날짜에는 개설한 적이 없다고 하자, 그럼 내 이름으로 대포통장이 사용되고 있는 게 맞다고 하면서 지금 녹취되고 있다고 했다. 가짜

수사관은 다른 통장도 대포통장으로 이용당할 수 있다고 겁을 주며 수사 협조를 요청했다. 나는 매우 당황한 척하면서 알았다고 했다. 그는 내가 가진 통장의 개설 은행과 출금 가능 잔액 등을 물어보았다. 나는 통장이 총 다섯 개가 있다고 했다. 가짜 수사관은 은행명과 잔액을 모두 불러 달라고 했다.

"○○은행에는 잔고가 2,500만 원 있습니다."

갑자기 그의 목소리가 상기되었다.

"다시 한번 확인하겠습니다! 김연진 님 ○○은행 잔고가 2,500만 원 있다고 하셨는데 맞습니까?"

"네, 맞습니다!"

"네! 알겠습니다! 그리고 계속 말씀해주세요!"

난 너무 웃겼지만 웃음을 꾹 참고 계속 말했다.

"△△은행에는 2억이요."

"네?" 가짜 수사관은 놀라면서 반문했다.

"2억이요?"

"네네! 2억이요! 어떡하죠? 저~ 어떡해야 하죠? 어떡해요, 수사관님."

안절부절못하며 떨리는 목소리로 가짜 수사관을 골탕 먹이는 맛이 있었다!

"괜찮습니다. 제가 도와드리겠습니다. 저만 믿으십시오!"

진짜 웃겨서 죽을 뻔했지만, 꾹 참았다. 자기만 믿으래~.

"▽▽통장에는 9,000만 원"이라고 말하고 나머지 통장은 10억을 불렀다!

그리고 마지막 통장에는 짜잔~ 100억이 있다고 했다.

상대방은 100억에서 눈치를 챘는지 갑자기 "야!"라고 소리를 치기 시작했다. 나는 "왜?"라고 같이 소리쳤다. 갑자기 그 사기꾼은 막 욕을 하기 시작했다. 진짜 빠르게 입에 모터를 단 듯 계속 욕을 했다. 내가 끼어들 사이도 없었다. 진짜 그렇게 빨리 심하게 욕하는 사람은 처음 들었다. 보이스 피싱은 알바생 모집을 해 교육을 하고 전화 걸게 한다는 소리는 얼핏 들었는데, 욕 교육도 철저히 하나 보다는 생각이 들 정도로 진짜 욕을 잘했다 (머리끝까지 열 받았나 보다).

나는 그냥 통쾌하고 속이 시원했다. 나도 한마디 했다.

"아저씨~ 제발 정신 차리고 사람들 속이지 말고 인생 똑바로 사세요! 안녕."

그리고 그 사람이 욕하는 도중에 전화를 끊어버렸다.

제발 선량한 시민들 좀 가만히 내버려 두세요!

우리가 당하지 않으려면 이런 경우에 쉽게 믿지 말고 한 번쯤은 경계하고 의심해야 한다. 그래야만 스스로 지킬 수 있고 이러한 범죄를 예방하고 줄일 수 있다. 항상 주의하고 확인하는 과정이 필요하며 자신과 가족을 지키기 위해 개인정보 유출 또한 조심해야 한다. 누군가가 계좌번호 또는 개인정보를 물어본다면 절대 말해선 안 된다. 공무원이라고 사칭하며 묻기도 한다는데 공무원이 전화로 개인정보를 물어보는 경우는 결코 없다.

114 사업본부는 한국인터넷진흥원(KISA)과 "디지털 취약계층 불법 스팸 피해 예방을 위한 업무 협약"을 체결하기도 했다. 인터넷 사용이 익숙하지 않은 디지털 취약 계층 등 전화번호 안내 이용자들에게 전화사기, 카드 결제 문자 사기 등 불법 스팸 주의 안내를 제공함으로써 사기 피해를 예방하고 국민의 경제적 피해를 최소화하는 데 힘을 모으기 위한 것이다.

"02-△△△-○○○ 번호가 어디인지 알고 싶은데요?"

"국제전화라며 전화가 왔는데 요금 폭탄 맞는 거 아닌가요?"

"사용하지 않은 카드 값이 결제됐다고 문자가 왔는데…."

최근 코로나19의 불안한 경제 상황을 이용한 스팸 사기가 부쩍 늘어 114 번호 안내에도 불안한 마음으로 번호 조회를 문의하는 고객이 많아졌다. 114 번호 안내에서는 이러한 문의에 "문의하신 번호는 한국인터넷진흥원에 스팸 번호로 ○건 접수된 번호(상호)입니다"라는 멘트로 정보를 제공한다. 114는 어디에서 걸려온 전화인지 궁금해하는 고객에게 정보를 제공하여 고객들의 불안을 최소화하기 위해 애쓰고 있다.

114 존재의 이유

고객님, 제 점수 100점 드립니다

20대 젊은 청년의 목소리가 헤드셋을 통해 나에게 전달된다.

"누나!"

"네! 고객님."

"우선, 제가 장난 전화를 하는 게 아니니깐 절대 끊지 말아주세요!"

"아, 네. 고객님! 알겠습니다."

"제가 오디션 프로그램에 매년 지원을 하는데 계속 떨어졌거든요. 그래서 요새 너무 자신감도 없어지고, 사는 데 낙도 없고 제가 노래를 정말 못하는 건지…. 너무 삶이 힘들어요. 죄송한데 누나가 혹시 제 노래 한 번만 들어주시면 안 될까요?"

솔직히 고객님께 양해 멘트를 하고 종료해도 되는 콜이지만, 고객의 간절함과 진심이 느껴져서 나는 그 전화를 끊을 수 없었다. 솔직히 그 고객이 부르는 노래가 듣고 싶기도 했다. 나도 그가 말하는 프로그램을 모두 시청한 열혈팬이기도 했으니까. 갑자기 진행자와 심사위원이 된 기분이었다.

"네~ 고객님. 부르실 곡은 무엇이신가요?"

"네~ 이승철 님의 〈희야〉입니다!"

(헉! 내가 정말 좋아하는 노래인데! 제발 잘 불러주시길!)

"네! 그럼, 시작해주시겠습니까?"

짝꿍 언니가 응대하면서 나를 흘낏 쳐다본다. 언니 표정만 봐도 무슨 말 하려는지 알겠다. '연진아~ 너 지금 또 뭐 하고 있니? 내가 너 때문에 미치겠다'라는 표정이 섞여 있다고나 할까? 내가 생각해도 참 별나다.

고객은 무반주로 핸드폰을 마이크 삼아 노래를 시작했다.

"희야~."

'어? 잘한다!'(소름이 쫙 끼칠 정도로 생각보다 잘한다!)

"날 좀 바라봐~."(이야, 두 번째 소절도 잘한다! 멋있다!)

하지만 티를 내면 안 된다! 왜냐? 나는 심사위원이니까. 들숨 날숨의 정확하고 완벽한 조화! 무반주에도 한 치의 흔들림 없는 음정!

"너는 나를 좋아했잖아~ 너는 비록 싫다고 말해도~ 나는 너의 마음 알아."

열과 성을 다해 열창하는 20대 청년의 폭발적인 샤우팅으로 1절이 끝나고, 손뼉 치고 심사평을 하려는 순간…. 2절이 연이어 시작되었다! 어?

그는 지금 매우 심취되어 있었고 노래에 진심이 느껴졌기에 나도 고객의 노래를 끊지 않고 끝까지 들어줘야겠다는 생각이 들었다. 그리고 고객이 2절 "희야"를 하는데, 가슴 깊은 곳에서 무엇인가가 나도 모르게 "희야~(희야~)"라고 코러스를 넣게 했다. 노래를 아주 자~알 듣고 있고, 함께하고 있다는 동질감을 느끼게 해주고 싶은 또 다른 내가 그랬다! (아이쿠! 어쩌지?)

하지만 다행히 고객은 놀라거나 당황한 기색 없이 노래를 잘 이어갔다. 역시 오디션에 많이 참가한 고수님! 나도 다시 한번 도전! 중간중간 코러스를 몇 번 했다. (환상의 듀엣이었다!)

드디어 2절까지 노래가 끝나고 숨을 고르는 청년! 나는 박수를 쳐 드리고, "두구두구두구두구~ 제 점수는 요! 100점입니다!" 쿨하게 100점을 주었다! 정말 좋아하면서 진짜 감사하다고, 누나 '짱'이라고 한 그 고객님! 얼굴은 모르지만 노래로 하나 된 느낌이라고나 할까? 이름이라도 물어볼걸, 참 아쉽다.

그 이후로 오랜 시간이 흘렀다. 나도 40살이 되었고 그 고객도 30대가 되었겠지? 지금 어디서 무엇을 하는지는 모르지만 자기 꿈을 펼치며 용기 있는 멋진 사람이 되어 있을 것 같다.

'고객님! 그때 노래 잘하셨구요! 그 뒤로 계속 응원했어요! 저는 진심이 느껴졌거든요. 언제나 꿈을 포기하지 마시고 도전하는 멋진 인생 사세요! 저도 계속 응원하겠습니다!'

나의 희야~!

언니, 그래도 행복하죠?

예전에는 어린아이와 10대도 114를 자주 찾았지만, 지금은 귀엽고 어린 목소리를 듣는 것이 하늘의 별 따기다.

"저기요, 전화번호 알려주는 곳 맞죠?"라고 똘똘한 어린아이들이 가뭄에 콩 나듯 114에 전화를 걸어줄 때면 정말, 이렇게 반가울 수가 없다. 청소년들도 가끔 114를 찾아주는데 잊히지 않는 여고생과의 통화가 있다.

앳되고 가냘프고 조용한 음성으로 소녀는 말문을 열었다.

"언니~ 혹시, 죄송한데 114에서 청소년 심리상담소나 청소년 보호쉼터 전화번호도 알 수 있을까요?"

목소리를 듣는 순간, 힘겹게 고민하며 114 키패드 버튼을 누른 것 같은 느낌이 들었다. 지역을 확인한 후에 전화번호를 안내하려는 순간, 갑자기 훅 들어오는 여고생의 질문 한 마디!

"언니~ 언니는 그래도 행복하죠?"

순간의 정적, 침묵.

'뭐라고 얘기해줘야 할까?' 심리상담소와 보호쉼터를 찾는 이 여고생에게 내가 뭐라고 얘기해주어야 할까? 무슨 일이 있었던 걸까? 무슨 아픔이 있는 걸까? 짧은 순간에 여러 생각이 머리를 스쳐 갔다. 그래도 질문에 답해주고, 큰 도움을 줄 수는 없지만 그냥 따뜻한 말 한마디라도 해주고 싶었다. 나도 용기 내어 말했다.

"고객님~ 전, 행복한 날도 있지만 울고 싶고 슬프고 힘든 날도 있고 특히, 어린 시절에는 행복했던 기억보다는 어렵고 힘들었던 날이 더 많았던 것 같아요. 하지만 씩씩하게 이겨 내려고 노력했고, 포기하지 않고 누구보다 나 자신을 사랑하는 마음이 제일 중요한 것 같아요. 그리고 고객님, 무슨 일이 있는지 잘 모르겠으나 힘내시고 항상 자신 있게 긍정적인 생각을 많이 하는 게 도움이 되실 것 같아요!"

간단하지만 고차원적인 소녀의 질문에 '오지라퍼'는 잠깐 접어두고, "네~ 그럼요~ 고객님. 저는 행복합니다"라고 하고 마무리해도 누가 뭐라고 할 사람도 없지만, 또 이놈의 입이 가만히 있질 않았다. 말하면서도 머릿속으로는 '상대방 성격도 잘 모르면서 내가 뭐라고 이런 말을 하고 있지? 혹시 기분 나빠하면 어떡하지?' 하고 걱정과 후회도 잠시 들었다.

그런데 내 말이 끝나는 순간, 갑자기 흐느끼는 소리가 들리기 시작했다. 흐느끼는 목소리를 진정하고 다시 조심스레 이야기하는 소녀.

"고마워요! 언니, 고마워요."

위로가 필요했구나. 잘했다는 생각이 들었다. 내가 그냥 귀찮아서 "네, 고객님. 저는 행복합니다"라고 영혼 없는 응대를 했더라면 소녀의 마음은 어땠을까? 잠시 생각해본다.

고맙다는 말 한 마디지만 소녀의 모든 감정과 진심이 담겨 있었고, 난 느낄 수 있었다. 그리고 소녀도 느꼈을 것이다. 내 진심을…. 목소리로만 스쳐 지나가는 짧은 인연이지만, 아주 짧은 시간이지만 정말 소중한 인연들이 있다. 오래오래 기억에 남는.

진심으로 응원한다! 절대 쓰러지지 말고 당당하고 멋있게 이 세상을 살아가기를!

내가 초등학교 3학년 때 나를 두고 엄마가 멀리 떠났다. 아빠 사업이 부도가 나서 아빠는 내가 초등학교 2학년 때 외국으로 돈을 벌러 가셔야만 했다. 그리고 1년 후 엄마도 아빠를 따라 나가셨다. 엄마 동생, 그러니깐 이모네 집에 나를 맡기고.

엄마가 간다고 했을 때, 난 슬프기보다는 무덤덤했고, 새로운 곳에서 새 사람을 만난다는 설렘, 걱정, 기대, 그런 감정이 더 컸다. 외동딸이었던 난, 형제가 없었기에 항상 외로움을 느꼈고, 이제 언니, 오빠, 남동생이 있는 북적북적한 이모네 집에서 함께 산다는 것에 그동안의 외로움을 떨쳐버릴 수 있을 것 같았다. 또 친구들한테 "나~ 오빠 있다! 언니 있다!"라고 자랑할 수 있다는 기대에 한껏 부풀었다.

그때는 나도 엄마도 참 용기가 대단했다. 아니면 아빠의 사업 부도 이후로 가난에 너무 지쳤기에 돈을 벌어야 한다는 필사적인 의지가 더 앞섰던 것이었을까?

　　정릉에서 엄마랑 둘이 살던 나는 짐을 싸왔고, 이모네 집에서 본격적인 생활이 시작되었다. 내가 생각했던 것과는 차원이 달랐다. 난 세상일을 너무나 긍정적으로만 생각했던 아이였나보다. 한 살 차이 나는 사촌 남동생과는 하루가 멀다 하고 싸웠고, 그렇게 싸우면 우리는 이모한테 둘 다 혼났다. 나이 차이가 제법 나는 중학생 언니, 고등학생 오빠는 공부해야 하니 우린 자연스럽게 눈치를 볼 수밖에 없었다.

　　무서운 호랑이 이모였지만, 혼날 만한 일에 혼냈고 자식과 조카를 차별해서 억울하게 만들지 않으셨다. 맛있는 것도 똑같이 먹이려고 애쓰셨다. 외동으로 자라다 이모 집에 가서 많은 형제들과 같이 지내다 보니 지켜야 할 규칙, 배려, 인내 등을 많이 배웠다. 지금 생각하면 오랜 시간 내 자식도 아닌 조카를 키운다는 게 정말 어려운 일인데 정성으로 키워주시고, 엇나가지 않도록 바로 잡아주셨다. 참 고맙고도 존경한다.

　　그리고 언니는 같은 여자로서 실제적인 조언도 많이 해주도 인생에 큰 힘이 되어수었다. 시금 와서 생각헤

보면 그때 언니에게 의지를 많이 했다. 사춘기 때 언니 잔소리가 싫어 많이 대들고 마음에 없는 말도 했는데, 미안한 마음이 크다.

사촌 남동생과는 초등학교 때는 죽어라 싸웠지만, 오히려 사춘기에 접어들고는 더 친해지고 잘 지냈다. 아무래도 같은 또래니 잘 통하고 서로 고민을 이야기하고 의지하는 친구 같은 존재가 되었다. 지금은 회계사가 되어 한 가정을 충실히 지키는 멋있는 동생! 자랑스럽다.

전학 간 학교는 수준이 매우 높았다. 당시는 초등학교에선 영어를 정식으로 배우지 않았는데, 벌써 학원을 다니면서 영어를 잘하는 아이도 많았다. 영어 외에도 여러 학원을 다니며 열심히들 공부했다. 이전 학교에서는 항상 전 과목 상위권이었고, 학급 임원도 하면서 리더 역할을 맡았는데, 전학 가서는 스스로 작아지고 기가 죽는 느낌을 처음으로 받았다. 그래도 최고 장점인 적응력과 친화력을 최대한 살려 먼저 다가가고 친해지려고 노력해서 친구들은 빨리 사귈 수 있었다.

그런데 공부는 아무리 열심히 해도 상위권 성적을 유지하기 힘들었다. 중상위 아니면 중간 이하로 떨어지는 과목도 나왔다. 선생님은 첫 시험 후 교무실로 나를 불러 "연진이, 이전 학교에서 공부 잘했다고 하던데, 음, 더 열심히 해야겠다"라고 이야기하셨다.

그때부터 좌절감에 조금씩 익숙해지기 시작했다. 승부욕이고 뭐고, 그때는 다 싫고 짜증이 났다. 아마 엄마의 빈자리 때문이었을까? 엄마가 떠난 지 두어 달이 지났을 무렵이었는데, 벌써 엄마가 보고 싶었다. 미친 듯이, 너무너무. 그때 엄마가 가도 되냐고 물어볼 때 안 된다고 할걸. 절대 우리 두고 가면 안 된다고 할걸! 시간을 되돌리고 싶었다. 하지만 우리 모녀가 그렇게 오래 떨어져 살 줄은 누구도 몰랐겠지?

어린 마음에 엄마랑 둘이 살 때가 좋았다. 엄마랑 단칸방에서 살아도 좋으니 그렇게 하고 싶었다. 돈이 없어도 좋으니, 그냥 엄마랑 살고 싶었다. 후회와 먹먹함이 교차하면서 그냥 참고 삭이고 버티며 밤마다 소리 없이 울었다. 다른 사람 앞에서는 씩씩한 척, 밝은 척했고, 학교에서도 최대한 명랑하고 쾌활하게 보였지만, 속마음은 그렇게 타들어 갔다. 그러면서 눈치가 빨라지고 마음은 단단해지면서 이 험한 세상을 버텨낼 내공이 한 겹, 한 겹 쌓이기 시작했다. 엄마는 내가 고등학교 3학년이 되어서야 함께 살 수 있었다. 그렇게 나의 학창시절이 다 지나간 후에.

그때 쓰러지지 않고 당당히 버텨준 나 자신에게 한 마디 하고 싶다.

고마워! 잘 견디고 씩씩하게 이겨냈어!

고민 해결사

"여기는 고객의 고민을 들어주는 고민상담소 114 입니다!"라고 해도 될 정도로 고객들은 여러 고민거리를 가지고 114를 누른다. 고객의 고민은 참 다양하고 가지각색이다.

"차가 없어졌어요!"

심란한 음성의 30대 남성이었다. 앞뒤 설명 없이 차가 없어졌다고 하는 고객.

"고객님~ 죄송합니다! 여기는 전화번호를 안내하

는 114입니다. 고객님이 자동차를 잃어버리셨다는 말씀이세요?"

"네네! 누가 끌고 갔나 봐요! 잠깐 세워놨는데! 아! 어떡해!"

불법 주차를 해서 견인차량보관소로 견인이 된 것 같았다.

"고객님! 혹시 지금 계신 지역이 어디이신가요?"

"○○동이요."

"아 네, 고객님! △△구 ○○동이시군요. 제가 그 구를 관리하는 관할구청 주차지도과 전화번호와 관할 견인차량보관소 전화번호를 안내해 드릴까요?"

"아! 견인차량보관소? 거기 있겠구나! 그런데 혹시 얼마에요?"

"범칙금 말씀이세요?"

"네, 차 찾으려면 돈 내야 하잖아요?"

"네~ 제가 알기에는 대형, 소형 자동차 크기에 따라 다른 것으로 알고 있으나 정확한 범칙금은 보관소에 문의하셔야 할 것 같습니다."

"네! 그럼 전화번호 알려주세요."

(이제부터 불법주차는 절대 안 하시겠지?)

"아유, 아침부터 짜증 나네!"

주말 아침, 벌써 짜증이 머리 꼭대기만큼 올라온 목소리다.

"고객님, 114입니다." 조심스럽게 고객님께 첫 응대를 진행했다.

"언니, 짜증 나 죽겠어요!"

고객의 민원전화일 수도 있으므로, 최대한 정중한 음성으로 다시 물었다.

"고객님, 불편한 점을 말씀해주시면 제가 잘 안내해 드리겠습니다."

"누가 자꾸 쓰레기를 우리 집 앞에 버리고 가요! 오늘 쓰레기 버리는 날도 아닌데 한두 번도 아니고 그래서 내가 몇 번 경고문도 써 붙이고 종량제 봉투에 넣어 버린 적도 있거든요. 근데 또 그러네. 분명 똑같은 사람 짓이야!"

숨도 잘 안 쉬시고 모터 단 것처럼 다다다다~ 말씀하는 고객님. 자, 이제 고객을 일단 살짝 진정시키고 고민을 해결해 드려야지!

"아, 네. 고객님, 많이 화나고 불편하셨겠습니다. 제가 고객님께서 계신 지역의 관할구청 청소환경과 전화

번호를 안내해 드리고, 혹시 오늘이 주말이어서 전화를
안 받을 수 있으니 당직실 번호도 안내해 드릴까요?"

"어머, 언니! 그렇게 해주세요. 고마워요!"

아까보다 훨씬 말씨가 부드러워지고 마음도 조금
안정된 듯한 목소리다.

"네, 고객님. 전화번호 안내해 드리겠습니다."

"네, 고맙습니다."

고객의 마지막 목소리에는 미소까지 실려 있었다.

"여보세요. 제가 외국인인데요."

외국인들도 종종 114에 전화를 한다. 물론, 유창한
한국말로 전화하는 외국인도 많다. 하지만 어려운 단어
와 지역 명칭, 기계음으로는 원활한 소통이 힘들 수 있어
최대한 천천히 응대하는 편이고 아예 한국어를 모르는
고객은 외국어 전담이 있어 그쪽으로 돌리면 해당 언어
로 안내받을 수 있다.

"나는 베트남 사람임미다."

"네~ 고객님, 여기는 전화번호를 안내하는 114입
니다. 어디를 찾으십니까?"

"저나버노 알고 십습니다."

"네, 어디 전화번호를 안내해 드릴까요?"

"나는 도늘 못 바다슴니다."

"다시 한번 말씀해주시겠습니까? 고객님."

"이를 하고 도늘 못 바다씀니다."

'아하! 돈!'

외국인 노동자인데 급여를 못 받았다고 하는 것 같았다.

"고객님 혹시 일을, 워크를 하셨는데 일에 대한 돈, 그러니까 머니를 못 받으셔서 헬프, 도움받을 수 있는 텔레폰 넘버를 알고 싶다는 말씀이신가요?"

중간중간 영어단어를 적당히 섞어 알아듣기 쉽게 설명해 드렸는데 한 번에 딱 이해했다.

"오케이! 굿굿! 헬프 텔레폰 넘버!" 바로 맞장구를 치는 베트남 고객! 나도 신이 나서 내친김에 육성으로 외국인 근로자 고용노동부 전화번호를 영어로 맛깔나게 안내해 드렸다!

"땡큐! 땡큐! 땡큐 베리마춰"를 하고 서로 훈훈하게 "굿바이 씨유"까지 하면서 전화를 끊었다.

이 얘기만 하면 동료들은 웃겨 죽겠단다.

Global KOREA 114!

미안해하지 않으셔도 됩니다

하루에 천 명 가까이 되는 고객을 응대하면서 무례하거나 폭력적인 언어를 사용하는 고객을 만날 때도 마음이 안 좋지만, 114에 전화했는데 큰 잘못한 마냥 기어들어 가는 목소리로 말할 때도 마음 한편이 아린다.

"저기요, 상담사님. 제가 말이 잘 안 나와서 그러는데 천천히 말씀드려도 될까요?"

"제가 청각장애인이라서 한쪽 귀가 잘 안 들리거든요. 죄송하지만, 상담사님께서 직접 조금만 크게 불러주실 수 있으세요?"

"아이고, 죄송해라. 제가 나이가 많아 손이 떨려서 글씨를 빨리 못 쓰는데, 어쩌죠?"

"제가 초등학교밖에 못 나왔어요. 미안해요. 상담사 님이 그쪽으로 바로 연결해주실 수 있으시죠?"

"상담사 선생님, 저는 기계 소리를 잘 못 알아듣거 든요, 선생님이 하나하나 번호 좀 불러주시면 정말로 감 사하겠습니다. 죄송해요."

"아, 이거 바쁘신데 제가 자꾸 전화해 귀찮게 해드 려 어떡하죠? 제가 머리가 안 좋아서 자꾸 번호를 기억 못 하고 까먹네요. 미안해요."

"말씀 좀 여쭐게요. 여기 전화번호 안내해주는 114 맞나요? 마스크를 구해야 하는데 방법을 몰라서요, 죄송 한데 번호 좀 알려주실 수 있으실까요?"

"언니, 저 죄송한데, 제가 가스가 끊기고 전화도 끊 겨 며칠째 밥도 못 먹고 하다가 이제 겨우 돈을 내고 전 화가 돼요. 지금 너무 배가 고파서 음식 좀 시키려고 하 는데 음식점 번호 좀 알려주실 수 있나요?"

"제가 시각 장애인이라 앞을 못 봐요. 죄송하지만 지금 낮이에요? 밤이에요?"

"이런 거 물어봐도 될지 모르겠지만, 엄마 기일 때문에요. 제사를 지내야 하는데 죄송해요. 언니, 음력으로 오늘 며칠인지 알려주실 수 있으실까요?"

이럴 때마다 마음이 먹먹하게 아프다. 그렇게 미안해하실 필요 없는데, 고객들을 위해 114가 존재하는 건데…. 고객들이 이렇게 말할 때, 한 걸음 더 다가가서 정성을 다해 응대하고 있다. 마음 편하게, 용건에 맞게 이용할 수 있도록 도와드리고 싶다. 당신을 기다려주지 않고 한없이 저 멀리 가버리는 듯한 사회에 소외감을 느끼는 분들에게도 더욱 친절히, 따뜻한 마음으로 다가가야만 그분들이 마음을 열고, 세상과 담을 쌓지 않으리라.

고객님! 편하게 말씀하세요, 절대 죄송해하실 필요 없어요!

외국보다 멀리서 돌아온 당신

20대 후반에서 30대 초반 정도로 예상되는 남성의 목소리로 콜이 들어왔다.

"여보세요." 차분하면서도 조용한 음성이다.

"네~ 고객님!"

"제가 이민 갔다가 한국에 들어온 지 얼마 안 되었는데요."

"아! 네네."

"그런데 한국이 너무 변했네요." 뜬금없는 그의 멘트, 한국이 너무 변했다는.

"아, 네. 고객님, 많이 변했지요."

"그런데 너무 변해서 제가 적응을 못할 것 같은데, 대충 뭐가 변했는지 상담사님이 설명 좀 해주실 수 있으세요?"

아, 어렵다. 이런 식의 질문은 처음이다. 진지함이 묻어나 장난 전화는 아닌 것 같은데, 전문센터 팀장 석으로 넘겨야 하나? 간단하게 설명해 드려야 하나? 무엇을 말해야 하지?

"아, 오랫동안 외국에 계셨나 보네요."

갑자기 무엇부터 설명해야 할지 몰라 우선 간단한 질문을 했다.

"아, 친절하시네요. 그냥 끊으실 줄 알았는데…. 제가 사실은요…." 말끝을 흐리는 고객.

"네~ 고객님, 말씀하세요."

"사실은, 이민을 갔다 온 게 아니고요, 교도소에서 나온 지 얼마 안 되었거든요. 그런데 세상이 너무 변한 것 같고 다 사람들이 저만 쳐다보는 것 같고 자꾸 불안하고 무서워요. 그래서 너무너무 힘들어요. 도움을 받고 싶은데 어떻게 해야 할지 몰라서 114에 전화했어요."

정말로 용기 내서 마음속에 있는 모든 건 한순간에

털어놓는 게 느껴졌다. 심리적으로 많이 불안해 상담이나 도움을 받고 싶은 것 같은데 방법을 몰라 우선 114를 누른 것 같았다. 처음에는 교도소라는 말을 꺼내기 힘들어 이민자라고 본인을 소개했지만, 다시 마음을 열어 말해준 부분이 감사했다. 그분한테는 아주 큰 용기라는 생각이 들었다.

답답하니 무작정 114를 누르고 도움을 요청하는 이분의 간절함에 갑자기 마음 한구석이 찌릿해졌다. 고객이 궁금한 상황이 어떤 것인지 몇 가지 파악해서 내가 아는 부분까지 알려 드렸고, 심리 상담이 필요하다고 하여 집 근처 전화번호를 검색해 몇 군데 안내했다. 상담 잘 받으시고 힘내시라고 끝인사를 드리는데 나도 모르게 마음이 찡해지고 가슴이 뜨거워졌다. 그분도 느꼈는지 몇 번이고 감사하다고 말씀하면서 통화는 종료되었다.

세상이 너무 변했다는 그분의 말이 계속 머릿속에 맴돌았다. 인터넷과 디지털이 발달할수록 사람 사이의 대화는 점점 줄어들고 스마트폰과 기계와의 디지털 소통이 점점 많아지고 있다. 그 와중에 엎친 데 덮친 격으로 코로나19로 마스크는 목소리와 예쁜 입을 철저히 가리고 있다.

아이들과 신랑과 친정 부모님을 모시고 외식을 한 적이 있었다. 식사 후에 우리 가족은 디저트를 먹으러 항상 카페를 간다. 대형 프랜차이즈 카페에 가면 아이들 목소리가 커질까 봐 언제나 노심초사한다. 그래서 아이들과 함께 갈 때는 웬만하면 몇 군데를 돌아다니며 눈치가 덜 보일 만한 곳으로 간다. 아이들 목소리가 커지면 나도 모르게 주위를 살피며, 조용히 하라고 손가락을 입으로 가져가 주의를 준다. 그럴 때마다 어른들은 애들이 조금 떠들 수도 있지 왜 그러냐고 하신다. 그러면 나는 그냥 빨리 집에 가자고 한다. 어느 순간 나도 눈치를 보는 사람이 되었다. 하나같이 마스크를 쓰고 대화를 잊고 로봇처럼 자기 할 일만 하는 모습이 많이 보인다. 그런 모습에 불안한 마음이 더 커진 게 아닐까 싶다.

웃음과 대화와 소통이 점점 사라지고 있다. 어느 순간 카페는 수다 떨고 맛있는 디저트를 먹고 편하게 떠들 수 있는 공간이라기보다는 공부하고 독서하고 혼자만의 시간을 보내는 사람들이 더 많은 곳이 되었다. 어떤 때는 적막하기까지 한 카페의 모습. 예전처럼 카페에서 친구들과 마스크 없이 하하호호 신나게 수다 떨던 시절이 참

그립다. 그래도 서로 생각하는 마음은 변하지 않고, 그리워하는 마음은 간절하다고 믿는다. 그 마음만 있으면 언젠가 다시 돌아갈 수 있을 것이다.

노인을 위한 나라는 없다?

"나는 물건을 산 적이 없는데 카드로 결제되었고 발송했다고 문자가 왔어요. 누가 내 카드로 결제를 했나 봐요. 어떡해요?"

"비싼 의료기를 샀는데 아무리 생각해도 너무 비싸 반품하러 찾아갔는데 가게가 없어졌네요."

오랜만에 통장정리를 했는데 매달 자기도 모르는 곳에서 돈이 몇만 원씩 빠져나가고 있다고 아무래도 저번에 노인정에서 버스 타고 놀러 가서 개인정보를 적었는데 그곳에서 사기를 당한 것 같다는 분들이 가끔 하소

연한다.

외로운 노인들이 친구들과 함께 일명 떴다방, 홍보
관 등에 가면 휴지, 밀가루, 설탕, 세제 등 생필품들을 거
의 천 원 혹은 공짜로 준다. 미끼상품을 살짝 주면서 아
주 살갑게 미소를 띠고 인사하며 안마도 해주고 다음에
또 오시라고 하면서 뿌리칠 수 없게 만든다. 그러면 다음
날 또는 며칠 후 공짜 선물을 받으러 가고 또 젊고 활기
찬 직원들이 춤과 노래, 레크리에이션을 통해 웃음과 즐
거움까지 선사한다.

그들은 일정 기간 영업하고 자리를 이동해 또 다른
지역으로 가서 영업하는 등 여기저기 금방 옮겨 다니는
데, 잠깐 혹해 물건을 산 소비자들이 그 실체를 알아챘을
때는 벌써 사라진 것이다. 슬픈 것은 우리 자식은 저렇게
재미있게 해주지 못하는데, 가면 재미있고 흥이 나고 친
구들도 사귈 수 있어서 가신다고 한다.

문자를 이용한 사기 피해도 급증하고 있다. 문자가
온 전화번호로 전화해서 버튼을 누르도록 유인한다. 그
러면 요금이 자동결제 된다거나, 엉뚱한 곳으로 연결되
어 홍보 마케팅을 해 물건을 공짜로 주는 것처럼 허위사
실과 과대광고로 소비자를 유혹한다. 관절이랑 고혈압에

좋다고 건강보조식품을 고가에 사셨는데 먹는 방법이 정확히 안 써 있어 거기에 나온 전화번호로 전화하면 없는 번호라고 나온다고 대체 무슨 회사인지 알려달라고 하시는 고객들의 문의. 아무래도 사기를 당한 것 같다고 하며 울고불고 전화하신다.

114에 전화하셔서 하소연을 실컷 하고는 안타까운 마음에 "신고번호를 알려 드릴까요?"라고 말씀드리면 "아니여, 되었어요"라고 후다닥 전화를 끊기도 한다. 이와 반대로 제발 도와달라고 도움을 요청하는 사례도 있다. 그런 분들에게는 소비자 고발센터, 보이스 피싱 신고센터, 어르신 상담센터 등을 성심성의껏 안내하고 조금이나마 도움을 드리려고 노력한다.

노년층은 일반적으로 젊은 세대에 비해 외로움과 고독함을 더 많이 느끼고 건강에 대한 불안을 안고 사는 경우가 많다. 이런 노인들의 심리적 불안을 이용하는 상술에 정보가 부족한 노인들이 피해를 볼 확률이 높다. 나중에 사기를 당하고도 자식들에게 알리지 않는 경우가 대부분이고 신고도 하지 않는 사례가 많다. 기초노령연금이나 퇴직금 등을 노리고 접근하는 검은손의 사기 행각은 참 무섭다.

100세 시대, 노인의 절대 인구수는 날이 갈수록 늘고, 기술이 발전할수록 노인 타깃 사기 피해는 크게 늘고 있다. 114에도 외로운 어르신들의 사기 피해 관련 고충과 문의 또한 증가하는데 원통하고 안타까운 사연들이 참 많다. 이들 노년층과 관련해서 더욱 섬세하게 준비된 소비자보호 특별 법안을 마련해 심리적, 신체적으로 취약한 분들을 더 철저히 보호하는 그런 "노인을 위한 나라"가 되어야 한다는 생각이 드는 요즘이다.

마음의 대화

    나는 이야기하는 것을 좋아한다. 어렸을 때부터 말을 듣는 것보다 하는 것을 좋아했다. 지금도 그렇다. 친한 사람은 물론이고 처음 만나는 사람과도 긴 대화를 나눌 수 있다. 누군가의 말을 가만히 듣고 있을 때면 나도 하고 싶은 말이 많고, '어? 이건 아닌 것 같은데' 하는 생각이 들어 입이 간질간질해 참지 못한 적도 있다.

    하지만 114 상담사를 직업으로 선택하고 이 길을 쭉 오면서 자연스럽게 타인의 말을 듣는 시간이 더 많아지게 되었고, 또 말하는 것보다 듣는 것이 중요하다고 느끼는 순간이 참 많이 늘었다.

믿기 어렵겠지만, 114에는 생각지도 못한 가슴 아픈 상처로 전화를 주시는 고객들이 많다.

자살 충동이 매일 지속된다는 고객.

알코올중독에서 벗어나고 싶다며 도와달라는 고객.

남편한테 가정폭력을 당하고 있어 몸과 마음이 지치고 힘들다는 고객.

데이트 폭력으로 우울증과 공황장애에 시달린다는 고객.

형편상 아들을 고아원에 보내야 하는데 시설 좋은 곳을 알려달라는 고객.

울며불며 자식의 RH- 응급 수혈을 도와달라는 고객.

전화해서 아무 말 않고, 하염없이 울기만 하는 고객.

정말 돈이 한 푼도 없어 전기, 가스, 수도요금을 내지 못해 정상적인 생활을 아예 할 수 없다는 고객 등 많은 사연을 안고 자기 말을 들어주고 도와주길 바란다.

대부분 콜센터가 그렇지만, 114 상담 인력은 하루하루 받는 콜수(고객에게서 걸려오는 전화 건수), 응대 태도

(친절도), 근태, 부수적인 가감점 등 총점수로 본인의 한 달 등급이 실적으로 측정된다. 이 등급은 월급과 연봉 그리고 승진과 밀접한 관련이 있으므로 무시할 수 없다. 하루하루 콜수가 영향이 있다 보니 받아야 하는 콜에 쫓기는 날도 있다. 그런 날은 나도 모르게 마음이 급해질 수밖에 없다.

어느 날, 채워야 할 콜은 부족하고 퇴근 시간은 다가오면서 나도 모르게 말이 빨라졌다. 한 고객과 응대하는데 그전에 안내받은 전화가 팩스로 연결되어 불만을 제기하는 고객이었다. 민원이나 불만을 표현하는 고객에게는 더욱 정중하고 친절히 응대해 불만을 해소해 드려야 하는 게 맞다. 하지만 응대하면서 빨리 종료하고 싶은 조바심에 내 말이 빨라졌고, 그런 마음을 자신도, 고객도 느꼈다.

고객 언성이 높아지고, 뭐 바쁜 일 있느냐며 큰 소리가 났다. 순간 정신이 팍 들었다. 죄송하다고 정중히 말씀드린 후에 무사히 고객 응대를 종료했지만, 식은땀 나고 손이 떨렸다. 고객 응대할 때 또는 대인관계 안에서 아직도 부족한 점투성이고, 보고 듣고 배워야 할 것이 참 많다는 생각이 든다.

고객과 소통하고 응대하다 보면, 상담사도 고객도 서로 경청해야 하는 순간이 있다. 말을 능수능란하게 하고, 화술이 뛰어난 것도 좋지만 상대방을 배려하고 경청하고, 공감하는 행동이 더 중요하다는 것을 응대하면서 더욱 깨닫는다.

말은 한번 뱉으면 주워 담을 수 없고, 내가 한 말이 다른 사람한테 큰 상처로 남을 수 있음을 시간이 조금 지난 후 바보같이 깨닫게 된다. 특히, 내가 사랑하고 편하게 생각하는 사람들, 엄마, 신랑, 아들, 딸, 친구들. 어쩔 땐 고객의 말을 온종일 들어주고 말을 계속해야 하는 직업 특성상, 일이 끝나고 나면 아무 말도 하고 싶지 않고, 아무것도 듣고 싶지 않은 날도 있다. 그럴 때, 마인드 컨트롤을 못하고 소중한 사람들한테 짜증을 부리거나 마음에도 없는 말을 하거나 내 주장만 내세운 적이 있다. 그런 날은, 눈 감고 누워 하루를 돌아보면서 태도를 후회하고 반성한다.

어려운 상황에서도 자기 생각을 물어봐주고 대답에 귀 기울여주는 이가 주위에 한 명만 있으면 사람은 삶의 희망을 버리지 않는다. 사랑하는 사람들이 나를 챙겨주고 지지하고 이해해줄 때 그때가 가장 행복한 시간이다. 내가 변하면 분명히 남도 변한다. 배려하는 마음은 통한다. 그렇기에 감사하고 긍정적인 사고를 할 수 있도록 항상 노력할 것이다. 나를 사랑하는 사람이 있는 나의 삶을 사랑하기 때문에.

 고객님, 언제나 고맙습니다

1. 인사만 전해주셔도 감동입니다
안녕하세요, 고맙습니다, 건강하세요…. 서로 주고 받는 인사 속에 싹트는 행복!

2. 방해 요소 즉시 해결 고객님
간혹 스피커폰으로 전화를 주시거나 엘리베이터, 지하이거나 통신 전파 장애로 인하여 소통이 어려운 경우가 있다. 또는 주위 소음이나 빗소리나 태풍으로 고객과의 원활한 통화가 어려울 때 상담원이 양해 멘트를 하면 바로 문제를 해결하려고 노력하시는 모습은 참 아름답습니다.

3. 기분 좋게 한 번 더!

상담사가 잘못 듣거나 잘못 알고 있어서 재문의를 요청해도 귀찮아하지 않고, 기분 좋게 더 정확한 발음으로 또박또박 말씀해 주시는 고객님. 저도 더 잘 듣고, 더 많이 알도록 상호나 지역 정보를 공부하겠습니다.

🎧 고객님, 이것만은 제발!

1. 고객님, 주변 잡음은 조금만 줄여주세요

전화하실 때 주위 음성이 크게 들리거나 TV, 음악 또는 라디오 소리가 커서 음성이 안 들리는 경우가 있다. 또는 헤어 드라이기나 환풍기 앞에서 전화하거나 믹서기나 청소기 등 소음이 큰 가전제품을 사용하며 통화하면 소통이 어려운 경우가 있으니 주위의 볼륨은 조금만 줄여주시길.

"모든 상담사는 당신께 집중하고 싶습니다."

2. 가래침은 전화 끊으신 후에

울면서 전화해도 되고, 감기 때문에 콧물 훌쩍이거나 닦는 것도 괜찮아요. 그런데 가래침 뱉는 소리는 제발 조금만 참아주세요.

3. 처음부터 끝까지 반말하시는 고객님.

상담사가 잘못한 것도 없는데 처음 통화에 대뜸 큰소리부터 지르시면 마음이 많이 상해요.

20년 나의 청춘을 함께한
114

10, 20, 40!

2021년은 나에게 참 뜻깊고, 많은 일이 일어난 해다. 우선 결혼 10주년이 되었고, 집을 갖게 되었다. 그리고 회사에 입사한 지 횟수로 20년째다. 마지막으로 30대가 끝나고 40살이 되었다.

한 라디오 방송에서 "40대부터 인생을 알아가기 시작한다"라는 말을 들었다. 인생의 달고 쓴맛을 안다는 것인가?

나는 생각이 많은 편이다. 무슨 일이 생기고 그 일이 해결되기 전까지는 고민과 생각이 너무 많아 머리가 아플 정도가 된다. 단순하게 생각해도 되는 문제인데, 또 내 일도 아닌데 오지랖이 넓어 다른 사람 일까지 걱정하다가 막상 자기 할 일도 못하고 손해를 보거나 놓친 적도 있다. 하지만 성격이 이런 것을 어찌하랴.

첫 직장이 적성에 맞아 20년 동안 다닐 수 있었지만, 20년 동안 잘 버틸 수 있었던 가장 큰 이유를 꼽으라면 회사의 복리후생 및 복지정책과 휴가와 휴직 부분일 것이다. 결혼하고 아이 낳고도, 계속 눈치 보지 않고 다닐 수 있도록 복지와 휴가가 체계적으로 지원되어 감사했다. 가령, 첫째를 낳고 회사 어린이집을 보내고 같이 출퇴근할 수 있었던 것은 정말 큰 도움이 되었다.

또한, 우수 직원들을 위한 정기적인 포상제도와 해외 및 국내 연수 또한 빼놓을 수 없다. 회사 창립 이후 딱 두 번 진행된 우수 직원을 위한 유럽 해외연수를 두 번 연속 가게 된 행운의 기회를 잡기도 했다. 유럽 연수는 내 평생 절대 잊을 수 없는 추억으로 남아 있다. 이외에도 콘도 및 KT수련관, 하계 휴양소 운영, 매년 무료 건강검진, 의료비 지원, 건전모임 활동 지원금, 사내 근로복지 기금, 단체 상해보험지원 등 회사가 직원들을 위해 많은 제도를 시행하고 있어 감사하게 생각하고 있다.

물론, 114의 호가 줄어들고 있어 미래에 대한 불안함도 없지 않다. 코로나19로 직격타를 맞은 다른 회사도 직원 인원 감축이 이루어지고 있고, 우리 회사도 코로나19 영향을 무시하지는 못한다. 하지만 임직원들은 최선을 다하고 있고, 한마음으로 114의 소중한 가치를 지키기 위해 노력하고 있다는 것은 확실하다.

마흔 살이 된 나에게

나에게 편지를 쓰는 것은 처음이다.

연진아, 벌써 마흔이라니 참 실감이 안 난다. 그치?

10대 때는 제발 빨리 나이 먹었으면 좋겠다는 생각이 들었는데, 그 소원이 이루어진 것 같아 웃프다! 굴곡 많았던 네 인생이 그래도 좋은 밑바탕이 되었다는 생각이 들어. 차곡차곡 하나하나 단단하게 흙을 깔고 벽돌을 쌓고 지금은 이제 지붕을 얹을 준비를 하는 단계인 것 같아.

아직 많이 부족한 아내, 엄마 그리고 딸이지만 그래도 항상 용기 잃지 말고 네 장점을 최대한 살려 앞으로 살아가길 바라!

앞으로도 여러 난관이 네 앞을 가로막을 때가 분명 있을 거야! 하지만 지금까지 잘 헤쳐온 것처럼 잘 이겨 나가리라 믿어! 제일 중요한 건 자만하지 말고, 감사하는 생활과 가치 있고 의미 있는 삶을 살 수 있도록 노력하는 거야! 인생은 준비하는 사람에게 기회를 준다고 생각해. 그리고 긍정적으로 감사하는 마음과 열린 마음으로 살아가면 행복은 저절로 따라서 온다고 믿거든.

나이는 숫자에 불과하다. 나는 아직 하고 싶은 것, 도전하고 싶은 것이 많다.

마흔이 된 것 축하한다, 김연진! 화이팅!

재택근무

2021년 8월, 정부에서 사회적 거리두기 2.5단계 실시를 고민하던 시점인 코로나19 위기 상황에 114 사업본부KTIS는 직원들의 건강과 혹시 모를 셧다운 상황에 대비해 내근 직원을 재택근무 체제로 전환했다. 365일 24시간 근무 특성상 야간 근무자는 코로나19 상황 전부터 재택근무를 시행하고 있었기 때문에 시스템으로나 근무 환경 변화에 따른 고충을 최소화해 빠르게 재택근무로 전환할 수 있었다.

8월 21일, 1차 재택근무 전환자 15명을 시작으로,

2차 35명, 3차 35명으로 총 85명이 재택근무 체제에 들어갔다. 한 팀에 10명 이상, 내근직 근무 인원 기준 3분의 1이 재택근무로 전환되었다. 나 역시 예전부터 재택근무를 신청했다. 3분의 1의 재택근무 전환으로 사무실은 이가 빠진 것처럼 빈자리가 듬성듬성했다.

차례로 짐을 싸서 집에 가는 동료들을 보며 눈물을 글썽였다. '우리 빨리 다시 만날 수 있겠지? 집에 가서 좀비 되는 거 아니야?' 매일 수다 떨고 함께했던 동료들과 헤어지려니 모두 쉽사리 발길이 떨어지지 않았다. 코로나19가 야속하기만 했다.

재택근무 전환을 위해 우리는 장비 설치 교육을 받았다. 본인이 사무실에서 쓰던 PC와 VPN 장비와 책상, 의자가 퀵 서비스를 통해 각자의 집으로 배달되었다. 교육을 받으면서 혹시나 하는 마음에 동영상과 사진도 찍고 메모도 하며 열심히 들었다. 장비들 선은 왜 이리 많은 거야? 잭을 꽂는 곳이 수십 개는 되어 보였다. 교육이 끝나면 서로 찍은 동영상과 사진을 카톡으로 공유하고 질문하는데, 엉뚱한 질문을 많이 해서 담당 과장님 표정이 자못 심각해 다들 웃음바다가 되었다.

이렇게 같이 있기만 해도 즐거운데 집에 콕 박혀 벽 보고 일하다가는 우울증 걸리기 좋겠다면서 걱정하는 언니들도 있고, 아이 키우는 직원들은 애들 떠드는 소리가 들어가 민원이 나오면 어떡하느냐고 벌써부터 걱정한다. 반대로 회사와 집에 너무 멀어 출퇴근 시간이 고되고 힘들었던 직원들은 환호성을 질렀다. 개중에는 출퇴근 시간이 3시간 이상 걸리는 직원도 있었으니, 그럴 만도 했을 것이다.

재택 장비 설치는 하루 7명씩 3주간 진행되었다. 퀵으로 의자와 책상, 컴퓨터 본체 하나, 모니터 2대, VPN 장비와 멀티탭과 여러 장비선이 배달되었다. 순간 머리가 멍했다. 아들을 불렀다.

"동현아, 엄마 좀 도와줄래?" 초등학교 4학년, 과학과 레고를 잘하는 우리 아들.

"엄마 이것도 못해?"

"아니, 할 수 있지. 할 수 있는데 우리 아들 얼마나 잘하나 엄마가 한번 보고 싶어서."

아들한테 자존심 세워서 뭐 한다고.

"알았어! 기다려 봐! 어디 보자."

컴퓨터 본체를 휙 돌리고, 선을 쭉 정리한다. 아빠 닮아 섬세하고 정리 정돈을 잘한다. 모니터도 뒤로 휙 돌려, 한 5초 정도 초롱초롱한 검은 눈동자를 빠르게 움직이면서 고개를 끄덕이더니 망설임 없이 잭을 꽂기 시작한다. 옆에 서서 팔짱을 끼고 흐뭇한 표정으로 아들을 쳐다본다.

설치되면 사무실 시스템과로 전화해서 설치 여부 확인을 받고 원격조정을 통한 추가 프로그램 설치가 이루어진다. 프로그램 설치와 통화까지 마무리되면 고객 콜이 잘 들어오는지 로그인은 잘 되는지 테스트까지 이루어지면 재택근무 준비 완료다.

다음 날, 드디어 재택근무 시작!

집에서 일하니 우선 세 시간이든, 십 분이든 출근 시간이 없는 건 좋긴 좋구나. 출근하려면 씻고 애들 등원 준비하고 챙기고 아침 준비하고 정신없는데, 출근 준비의 분주함이 덜어지니 한결 편하다. 그리고 편한 옷을 입고, 편한 자세로 근무할 수 있다는 것. '생얼'로 있어도 머리를 흐트러지게 묶어도 누가 뭐라 안 하고, 이 편안함을 어찌하랴.

재택근무가 얼마나 길어질까? 코로나19는 언제쯤 종식될까? 여러 생각이 드는 재택근무 첫날이었다. 목소리를 크게 해도 아무런 눈치도 안 보이는 혼자만의 일터. 고객과 나와 단둘이 소통하는 내 방! 다른 사람이 없으니 사무실에서 일하는 것보다는 또렷하게 고객 음성이 잘 들렸다.

　　장점도 많았으나, 최고 단점을 뽑으라면 쉬는 시간에 쉬지 않고 자꾸 집안일을 한다는 거. 쉬는 시간에 세탁기에 빨래를 넣고 있고, 쌀 씻고 있고, 청소기도 돌린다. 퇴근하고 해도 되는데 자꾸 집에 있으니 빨리 끝내놓으려 한다. 쉬는 시간에 쉬지 못하고 집안일하고, 바로 근무하니 몸이 피곤하다. 사무실에서 일할 때는 쉬는 시간에 커피 마시며 수다도 떨고 휴게실에 나가 안마 의자에도 앉고, 사발면도 먹고, 스마트폰으로 개인 업무도 보았는데 집에 있으니 뭔가 더 힘든 느낌? 하루빨리 패턴을 바꿔야겠다는 생각이 든다.

　　이 글을 쓰는 지금 8개월째 재택근무 중이다. 지금은 적응이 많이 되었다. 나만의 루틴도 잡혀 있다. 그동안 많은 일이 있었다. 코로나 백신도 맞았지만, 회사 사정상 여러 이유로 우리는 당분간 재택근무를 해야 한다.

집에서 나가고 싶다. 마스크를 벗고 신나게 돌아다니고 싶다!

위기를 기회로

요즘 사람들은 114가 아니어도 여러 업종에서 콜센터를 많이 이용한다. 콜센터를 누르면 대부분 가장 먼저 기계음으로 ARS 자동응답시스템이 들려온다. 하지만 114는 365일 24시간, ARS가 아닌 사람이 처음부터 직접 받는 콜센터다. 고객들은 그 점을 매우 만족해하고, 114 서비스 또한 그 장점을 최대한 살려 지금까지 긴 세월 상담원들이 직접 응대를 진행하고 있다.

언제 어디서나 도움이 필요할 때 114를 누르고 전화번호를 물어보는 것에 익숙한 고객들은 114가 야간에도 운영하고 있다는 것을 잘 알고 있으며 많이들 이용한다. 야간에는 주로 대리운전, 콜택시, 야식, 배달음식, 보험회사, 카드 분실신고 문의가 주를 이룬다. 야간근무는 100퍼센트 재택근무로 운영되며, 코로나19 상황 이후 주간도 재택근무를 활성화하고 있다.

시대 흐름에 따라 114 문의 내용에도 많은 변화가 생겼는데 스마트폰이 본격적으로 도입되기 전까지는 114를 이용하는 고객들이 많았다. 영화관, 기차역, 콜택시, 관공서, 대리운전, 퀵서비스, 이삿짐센터, 용달업체, 인력 및 파출부 사무소, 청소업체, 자동차 및 전자회사 각종 서비스센터, 치킨집·중국집·피자집 등을 포함한 배달음식점, 병원 학교, 은행, 지역번호 문의 등 114는 "국민 비서"라는 타이틀을 달고 열심히 달리고 달렸다.

하지만 스마트폰이 도입되고 디지털 시스템이 점점 발달하면서 114를 이용하는 고객들은 하나둘 우리를 떠나갔다. 엎친 데 덮친 격으로 점점 배달 어플, 콜택시 어플, 용역 어플, 인터넷 예매 어플 등 여러 분야에서 발군의 서비스를 제공하는 어플리케이션은 젊은 고객의 발길을 자연스럽게 돌렸다.

114의 위기였다. 호는 급격히 하락하기 시작했고, 작거나 큰 변화들이 시작되었다. 처음에는 그냥, "에이 설마 호가 그렇게 많이 줄겠어?" 하고 반신반의했지만, 우리 예상은 빗나갔고 지금도 호는 매년 17~20%씩 감소하기 시작하면서 예전의 연평균 10억 콜에서 현재는 1억 콜 정도로 10분의 1로 감소했다.

사업개발팀은 여러 신사업을 추진해 여러 부분에서 성공적으로 목표를 달성했다. 하지만 우리 힘으로는 점점 발전하고 변화하는 디지털 시대의 거대한 흐름을 도저히 돌려놓을 수 없었다. 직원 수도 점점 줄고, 처음에는 서울 본부와 경기 본부가 합쳤지만 결국에는 강원 본부까지 합병되어 세 본부는 서울 종로구 한복판에 모이게 되었다. 그리고 서울 경기 강원 본부를 제외한 나머지 본부도 예전에는 도별로 하나씩 운영되었지만 현재는 대전, 대구, 부산, 광주, 제주도까지 총 다섯 개의 본부만 서로 통합 운영되어 존재하고 있다. 희망퇴직과 파견, 본부 결합 등 원하든 원치 않든 어쩔 수 없는 현실에 수긍하고, 한마음 한뜻으로 힘쓰며 혼란함 속에서도 쓰러지지 않기 위해 노력했다.

누군가에게는 너무 편리하고 쉽고, 변화하는 기술

에 발맞추며 속도를 낼 수 있지만, 이런 세상이 너무 무섭고 두렵다고 하는 디지털 소외계층도 분명 존재한다. 114에 전화하셔서, 세상이 너무 변해 어찌할지 모르겠다면서 우리를 위해 끝까지 남아달라는 고객들, 아직까지 우리를 찾아주시는 이런 고객들을 위해 114는 따뜻하고 친밀한 소통 창구가 되어 언제나 같은 자리에서 고객들을 맞이할 것이다.

코로나19가 114도 바꾼다

바이러스가 우리 생활을 이렇게 바꿔놓으리라고 생각이나 했을까. 영화에서만 보던 일이 이렇게 실제 삶이 되다니. 2020년 설 연휴가 끝나고 첫 출근일인 1월 28일 아침, 회사는 전 직원에게 마스크를 지급했다. 인터넷이고 TV고 모든 사람이 하나같이 코로나19 이야기만 하고 있었다. 매일 아침 확진자 수와 확진 경로를 검색하는 직원들. 지역보건소와 질병관리본부에 관한 문의가 끊이지 않았고, 센터에서는 신속하게 DB 정비에 힘을 썼다. 혹시나 하는 마음에 쉬는 시간마다 손을 씻고 키보드와 책상을 닦고 손 세정제를 사용하고 체온을 체크하는 직원들의 모습이 눈에 자주 띄었다.

하지만 며칠 몇 달이 지나도 확진자와 사망자 수는 줄어들 줄 모르고 기하급수적으로 늘어만 갔다. 종교단체, 병원, 콜센터 등의 집단감염까지 일어나 모두의 불안이 커졌다. 우리 회사도 초비상이 걸렸다. 결코 방심하면 안 되는 상황이었다.

다른 회사 콜센터에 코로나19 확진자가 발생함에 따라 대표급인 114 번호 안내의 대응 상황과 현장 의견을 듣기 위해 2020년 3월 24일, 장석영 과학기술정보통신부 제2차관님(이하 차관님)이 114 사업본부인 종로구 숭인동 사옥을 방문했다.

장석영 과학기술부 차관과 이응호 대표이사, 김한성 114 사업본부장, 유은정 전문상담팀장 그리고 내가 안내8팀 부팀장 자격으로 참석해 간담회가 이루어졌다. 우선 본부장님의 114 번호 안내 서비스 운영 현황 브리핑이 진행되었다. 이후에 현장 애로사항과 114 사업 발전을 위한 제안 및 114 사업본부의 코로나19 대응 현황에 대해 차례대로 편안한 분위기 속에서 간담회가 이루어졌다. 나도 자기소개를 한 후 코로나19에 대한 고객 문의 내용의 변화 및 직원 현황에 대해 말씀드렸다.

간담회 이후 4층 안내센터로 이동해 상담직원들의 안내 현장을 직접 둘러보시고 "114가 '디지털 포용' 관점에서 중요한 역할을 하고 있다"며 강한 신뢰감을 보이셨다.

과학기술부에서 인정한 114 사업본부의 코로나19 대응 상황

- 열 감지 카메라 설치와 출근 시 마스크 착용, 체온 체크 및 30초 이상 손 씻기
- 계단을 봉쇄하고 통로를 제한해 층간 이동으로 인한 전염에 대비
- 방역 전문 업체의 센터 내 방역 주1회 실시
- 직원들의 감염 예방을 위한 주2회 이상 마스크 지급
- 상담사 간 휴게 시간이 철저히 구분되어 사회적 거리두기 실현
- 점심시간 5부제 참여와 구내식당 이용 시 일렬 식사
- 매주 집단 시행되던 아침 조회를 각자 좌석에서 동영상 청취
- 재택근무 인력 확대

- 안내부스 투명 파티션 높이 1미터로 조절
- 안내센터 내 대형 TV 설치로 코로나19 현황 실시간 확인

 2021년, 10월 현재 코로나19는 계속되고 있다. 지인 몇 명은 코로나19에 확진되어 격리되는 상황도 발생했다. 이제 누구도 자기는 안전하다고 장담 못하지만 그래도 희망이 보인다. 백신이 개발되고 전 국민 백신 접종이 시작되었기 때문이다. 고객 문의 중에도 백신 접종과 재난지원금 지원에 대한 문의량이 증가했다. 고객 편의를 위해 114는 관련 DB 업그레이드 정비를 신속하게 해서 안내 중이다.

우리 앞에 다가온 현실, AI

"먹고살기 힘들다."

코로나 팬데믹이 지속하면서 사람들이 요새 가장 많이 하는 말이다. 팬데믹은 우리뿐만 아니라 인류의 삶 전체를 아주 빠른 시간에 상상하지 못할 속도로 바꾸어 가고 있다. 코로나가 아니었으면 5년 정도 걸렸을 변화의 폭을 모두 흡수한 발 빠른 기업들은 미리 디지털 전환을 이루어 2025년으로 훌쩍 넘어가버렸다는 이야기도 있다. 세계경제포럼은 2022년까지 약 7,500만여 개 일자리가 사라진다고 예측했다. 한국고용정보원도 2025

년이면 단순 노동은 많이 사라진다고 보았다. 1년 전부터 우리 회사 114에도 AI 상담원 도입에 대한 안건이 제기되고 있다. 물론, 고령층이 많이 이용하는 114 안내 특성상 모두 AI로 한순간에 대체할 수는 없겠지만 과연 AI의 능력을 어디까지로 볼 수 있을까?

몇 달 전 회사에서 콜센터상담 AI가 상담원을 대체하는 드라마 동영상 링크가 카톡으로 돌기 시작하면서 상담원들에게 큰 충격을 주었다(〈박성실 씨의 사死차 산업혁명〉). 일상 속으로 들어온 AI가 일자리를 빼앗아간 후 상담원들이 느끼는 좌절과 박탈감을 담은 드라마였다.

무결근, 무지각으로 10년 근속상까지 받은 콜센터 상담원 박성실 씨가 어느 날 갑자기 회사 내 AI 상담 시스템 도입으로 상담원의 90퍼센트를 해고한다는 통보를 받게 된다. "직원 여러분, 안타깝게도 AI 상담원 도입으로 금일부터 인원 90퍼센트를 감축합니다"라는 사내 안내 방송이 나와 상담원들은 충격에 휩싸인다. 박성실 씨를 비롯한 그녀와 가까운 동료 두 명, 이렇게 세 사람은 운 좋게 살아남았지만 3개월 후 VIP 고객을 담당할 소수 상담사만 남기고 모두 해고한다는 소식을 듣게 되고, 그

날 박성실 씨가 집에 오니 트럭 운전사인 신랑이 자율주행 도입으로 해고를 당했다는 소식까지 듣게 된다.

AI 상담원 사이에서 '살아남을 방법'을 찾는 중에 "성실하게 말고 새로운 걸 하세요. 없었던 거"라는 말을 듣는다. 회사에서 정해놓은 매뉴얼이 아닌 AI 상담원은 할 수 없는 '감성 상담'을 시작하는데, 박성실 씨는 고객에게 큰 웃음을 주는 '개그우먼'으로, 동료 왕언니는 인생을 상담해주는 '카운셀러'로, 가수가 꿈이었던 막내 상담사는 신청곡을 불러주는 '사랑의 콜센터'로 응대를 시작했고 결과는 대성공이었다. 칭찬 콜이 이어지며 3개월간 최우수 상담원으로 선정된 그녀들! 하지만 회사는 이들의 과거 녹취 파일을 전부 AI 분석실로 보내 같은 방식의 응대 능력을 AI에 학습시켰다. 결국, VIP 상담사 발표 날, 세 명의 상담사 자리에 있던 컴퓨터가 회수된다….

드라마를 몇 번이나 돌려 보았다. 감정이입이 너무 되어 소름이 돋고 눈물도 났다. AI는 개그, 노래, 감성까지 모두 학습, 인지해 콜센터 상담원을 능가할 수 있다는 내용이었다. 중국의 콜센터 사례에 의하면, '사투리'까지 이해하고 학습해 상담하는 'AI 상담원'이 있다고 한다.

한국과 세계 현황 분석 결과 5년 안에 없어지는 직업 중 가장 가능성이 큰 직업에는 텔레마케터가 상위권으로 자리 잡고 있다. 실제로 일본의 한 보험사는 34명의 설계사를 AI로 대체했다. 또 미국의 부동산 담보대출 업계에선 많은 부동산 금융 전문가가 자동화로 실직자가 되었다.

인공지능은 미래 4차 산업혁명의 핵심 기술 분야이며 인공지능은 컴퓨터의 고도 계산 능력과 다량의 데이터 가공처리 능력을 이용해 업무를 효율적으로 처리한다. 따라서 단순반복적인 절차가 정형화되어 있는 업무들이 가장 먼저 대체될 것은 분명하다.

그러면 앞으로 인간의 감정을 필요로 하는 직업은 어떻게 될까? 인간만이 할 수 있는 것이 무엇일까? 창의적이고 공감력이 뛰어난 사람만이 할 수 있는 영역까지 AI가 침범하게 될까? 이제는 현실이다. 영화에서만 보던 가상의 현실이 아니고 아주 먼 미래도 아니다. 앞으로 진지하게 고민할 문제는 기계가 할 수 없는 영역에서 인간의 차별성을 최대한 활용하는 일이다.

정말 고마운 분들이 많다

2021년 4월, tvN 프로그램 〈유 퀴즈 온 더 블록〉 방송 출연이 결정되어 녹화했다. 이미 많은 팬이 있고, 재미와 교훈과 감동까지 주는 프로그램이다. 해외에서도 유튜브에서도, 재방송도 많이 하는 최고의 프로그램이기 때문에 더 긴장했다.

MC 유재석의 데뷔 30주년 기념으로, 한 직장에서만 '20년째' 통화 중인 114 상담사 김연진으로 114 대표로 출연하게 된 것이다. 팀장님과 센터장님 추천으로 출연하게 되었는데 처음에는 실감이 나지 않고 어떻게 방송을 촬영해야 할지 막막함이 앞섰다. 하지만 작가와의 인터뷰가 진행되고, 더 이상 물러날 길은 없었다.

시간은 기다려 주지 않았다. '그래! 도전하는 거야. 114의 대표로!' 혼자만의 다짐과 용기로 힘을 내고 방송을 즐기기로 했다. 그전에 방송 및 라디오 출연 경험도 있었지만, 이번에는 느낌이 달랐다. 부담감, 설렘, 떨림, 만감이 교차하는 며칠의 시간…. 마치 계속 롤러코스터를 타는 기분이라고나 할까? 방송 촬영 전날에는 잠을 잘 청하지 못했다. 새벽 4시부터 눈이 떠졌다.

멍한 정신을 똑바로 잡으려 노력했다. 커피를 한 잔마시고, 촬영장에 있는 내 모습을 상상했다. 예상 질문들과 하고 싶은 말들을 머릿속으로 정리하기 시작했으나잘 들어오지를 않았다. 야속한 시간이 또 훌쩍 가버리는구나. 아이들 등교 준비를 하고 함께 화이팅을 외쳤다! "엄마, 방송 촬영 잘하고 올게!" 신랑도 떨지 말고 잘하라면서 힘을 준다.

정신없이 준비해 압구정 스튜디오로 출발했다. 간단한 메이크업으로 준비를 마치고 드디어 촬영이 시작되었다. 리허설은 없었다. 수많은 카메라와 조명들 그리고 유느 님과 조셉 님이 서서 반겨주셨다.

자리에 앉아 이제 자기소개를 해야 하는데, 갑자기 머릿속이 하얘졌다.

"114에서 20년 동안 근무한 상담사 김연진입니다."

내가 준비한 첫인사, 이 한 줄이, 이 간단한 한 줄이 기억이 안 나는 것이었다.

뜨악~ 난 몰라.

'안 돼! 연진아, 이렇게 무너지면 안 돼! 정신 똑바로 차려야 해!'

다시 멘탈을 잡기 위해 주문을 걸었다! 조세호 님의 배려로 물을 한 모금 먹고 정신을 차렸다.

이제 기억이 난다!

자신 있게 자기소개를 시작했다.

"114에서 20년 동안 근무한 상담사 김연진입니다."

솔톤과 밝은 음성으로 자기소개를 하자 MC 두 분이 막 웃으셨다.

자기소개를 하자 입이 슬슬 풀리기 시작했다. 유재석 님과 조세호 님의 능력을 다시 한번 깨닫는 소중한 시간이었다. 두 분 다 리드를 잘해주시고 공감 능력 또한 뛰어나셔서 편안하게 방송 촬영을 끝낼 수 있었다. 처음에는 살짝 떨렸지만, 그다음에는 시간이 어떻게 가는 줄 모르게 촬영했다. 즐겁고 많이 웃었다. 그 순간이 정말 행복했다.

스튜디오 촬영이 끝난 후 숭인동 사옥으로 와서 다큐 감독님과 인터뷰 촬영을 하고 콜을 직접 받는 모습도 촬영했다. 저녁 7시가 다 되어 촬영이 마무리되었다.

꿈을 꾼 것 같은 하루였다.

방송은 tvN 2021년 5월 12일 수요일 오후 8시 40분에 나왔고, 방송 이후 예상외로 반응이 뜨거웠다. 유퀴즈 출연 후 지인들로부터 연락이 엄청 많이 왔다. 초등학교 친구부터 퇴사하신 선배님들, 연락이 끊겼던 친구들까지 방송 잘 봤다고 연락 와서 '방송의 힘이 대단하구나!' 하는 생각이 들었다. 회사 동료들이 가장 많은 공감을 해주었다. 방송 보고 많이 울었다고, 위로와 격려가 되었다고 했다.

114에 전화를 주시는 고객들도 "아이고 상담사님, 수고하십니다. 감사합니다"라며 인사를 많이 건네주시며 친절하고 상냥하게 문의하시는 고객이 늘어나고 있음을 느꼈다. 어떤 고객은 방송을 보고 전화 주셨다면서 "번호 문의가 아니고요, 방송 보고 응원의 말씀드리고

싶어 전화 드렸습니다"라며 힘내고 건강하라고 말씀해
주시는 분도 있다고 들었다.

실제 콜센터, 서비스직에 종사하는 분들의 방송 댓
글을 보니 공감하는 부분이 많아 보였다. 세상 모든 콜센
터 상담사와 고객을 직접 상담하는 모든 분께 항상 힘내
시라고 외치고 싶다.

〈유 퀴즈 온 더 블록〉은 내 인생의 터닝 포인트가 되
었고, 지금 이 책을 쓰게 해준 출발점이기도 하다. 고생
하시는 감독님, 작가님들과 유재석, 조세호 MC님께 깊
은 감사를 드린다. 그리고 나를 믿고 지지해주신 정현서
센터장님, 이상도 팀장님, 서미혜 팀장님께도 감사의 말
씀을 전하고 싶다.

사랑하는 남편!

결혼 10주년 만에 우리 집을 갖게 되었어요. 반 셀
프인테리어로 해서 경비는 많이 아꼈지만 자재부터 인
력까지 손수 알아보고 선택하고 또 나와 상의하느라 정
말 수고 많았어요. 주말에도 쉬지 않고 땀 뻘뻘 흘리면서
인테리어하시는 분을 도와 함께 일하는 모습을 보고 제
대로 표현 못했지만 나 많이 감동했어요. 언제나 믿어주

고 또 많이 배려하고 이해해준 신랑에게 다시 한번 고맙다는 말을 하고 싶습니다.

당신 같은 사람은 이 세상에 없습니다. 아이들에게도 당신 같은 아버지가 있다는 것이 인생의 행복이라는 사실을 잘 압니다. 우리가 함께한 날보다 앞으로 함께할 날이 더 많기에 더 기쁘고 설레고 더 기대됩니다.

언제나 엄마와 여동생과 아빠를 잘 챙기는 순수하고 따뜻한 우리 아들!

엄마와 아빠가 맞벌이로 그리고 재택근무로 여유가 없을 때 동현이가 동생 유치원 등하원을 많이 도와주고 잘 챙겨줘서 엄마가 일하는 데 무척 도움이 되었단다. 고맙게 생각하고, 또 할머니와 할아버지를 사랑하는 마음이 느껴져 엄마는 아들에게 배울 점이 많아. 동현이가 샌드박스 회사에 취직하고 싶다고 했지? 엄마 아빠는 동현이의 꿈을 항상 응원하고 지지하니깐 동현이가 원하는 것, 좋아하는 것, 꼭 했으면 좋겠어!

여섯 살밖에 안 된 우리 소윤이가 엄마를 정말 잘 이해해주고 누구보다 잘 헤아려주어 엄마가 감동하고 놀랄 때가 한두 번이 아니란다. 오빠랑도 잘 지내줘서 고맙고, 할아버지 할머니도 잘 챙겨주는 우리 집 애굣덩어리 귀염둥이! 항상 누구에게나 사랑받고 그 사랑을 또 나누고 베푸는 그런 아름다운 숙녀로 자라길 엄마는 기도할게!

114 알쓸신서

알면 쓸모 많은 신기한 서비스

모든 통신사 유/무선 전화번호를 통합 안내하는 114 번호 안내는 365일 24시간 운영하는 국내 유일 전화번호 안내 서비스다. 고객이 원하는 상호명, 이름, 유선전화, 핸드폰 번호, 주소 등의 정보를 음성과 온라인으로 모두 안내한다.

- 음성 안내 : (유선) 114 / (무선) 지역번호+114
- 온라인 안내 : www.114.co.kr

114 음성안내를 원하면 가입 통신사(KT 100번, SKB 106번, LG U+ 101번, 지역통신사 등)에 직접 등록 신청해야 한다. 등록 비용은 무료이며, 등록 시 제휴된 포탈(네이버, 다음, 구글 등) 및 내비게이션에 자동 등록 안내된다. (업체 정책에 따라 등록 여부는 상이할 수 있다.)

대한민국 No.1 전화번호 검색 사이트 114On

114On(www.114.co.kr)은 114 안내 전화번호를 비롯해 공공데이터(인허가DB), 인터넷 수집 전화번호, 스

팸/사기 번호 등 세부정보까지 제공하는 국내 최대의 전화번호 전문 사이트로, 전화로 제공하는 114 안내서비스 품질을 한층 강화한 온라인 전용 서비스다.

114On은 국내 최대 1,600만 개의 전화번호 DB를 기반으로 상호, 업종, 주소, 지도 정보 및 부가정보가 포함된 가장 정확하고 방대한 전화번호 검색 서비스를 제공하고 있다. 뿐만 아니라, 찾기 어려운 연락처를 이용자와 함께 찾는 전화번호 묻고 답하기, 스팸/사기 전화인지 한 번에 알 수 있는 스팸 사기 통합 조회, 자주 찾지만 쉽게 찾기 어려운 공중전화, 아파트관리사무소, 전통시장과 생활 밀착 전화번호 등 다양한 검색 서비스를 제공한다.

114On에서는 간단한 인증만으로 사업자 본인의 사업 정보도 등록할 수 있다. '내 비즈니스 등록'을 통해 사업자뿐 아니라 IT 개발자, 디자이너, 과외/레슨 강사와 같은 긱워커나 플랫폼 노동자도 본인의 사업자 정보와 전화번호를 등록하고 관리할 수 있다. 실제 음식점, 인테리어, 쇼핑몰 등 사업자를 비롯해 IT 개발자, 영업직무 종사자, 인플루언서 등 4천여 회원이 본인의 사업정보를 등록해 홍보에 활용하고 있으며, 무료 제공되는 050 가상번호 서비스 '114 시크릿번호'를 정보 등록에 활용하

면 이동전화 번호도 안전하게 활용할 수 있다.

향후 소상공인(개인사업자)이 114On에 자기 정보를 등록하고 동의만 하면 자동으로 114 안내와 포털, 내비게이션에도 동시 등록되는 서비스를 제공할 계획이다. 이와 함께 114On의 방대한 전화번호 DB를 사업용으로 활용할 수 있도록 가공된 전화번호 DB 상품도 출시 예정이다.

대한민국 최대 전화번호 DB를 기반으로 고객들이 더 많이 찾고 이용할 수 있는 서비스로 거듭하기 위해 지속해서 검색 서비스를 정비하고 소상공인이 가장 목말라하는 홍보/마케팅 활동을 지원할 수 있는 플랫폼으로 성장할 것이다.

114 시크릿번호(050) 서비스

승인된 비즈니스 안내 번호에 대해 114 시크릿번호(050)를 제공한다. 등록한 안내 전화번호를 대신해 가상의 번호(Virtual Number, 050)를 부여하고 이 가상 번호가 안내 번호로 표시되어, 개인 전화번호가 노출되지 않도록 제공하는 안심번호 서비스다. 운영시간이나 멘트 설정도 가능해 간단한 고객센터 솔루션으로 활용할 수 있어 인기를 끌고 있다.

무료로 투폰 사용 효과를 낼 수 있으며, 원하는 시간에만 전화 수신이 되고, 설정한 시간에만 통화를 원할 때 유용하다. 개인 휴대폰을 사업에 활용하는 분이나, 본업이 있고 부업도 하는 N잡러들, 운영시간에만 전화받고 싶은 사장님, 인스타그램, 유튜버 등 인플루언서 등에게 좋은 서비스다.

본 서비스는 1회성이 아닌 평생 사용할 수 있다. 단, 신청 후 1개월 동안 수신 전화가 없으면 가상번호는 회수될 수 있다. 등록한 비즈니스 정보가 승인된 후 "마이페이지"내 비즈니스 관리]에서 신청할 수 있다.

🎧 114 시크릿번호(050) 신청방법

1. 비즈니스 등록
2. 내 비즈니스 승인 완료(영업일로부터 2~3일 소요)
3. 마이페이지 〉시크릿번호 신청(신청 후 050즉시 부여)
   서비스 신청하기

114 마이콜백 서비스

콜백서비스란 고객과 통화 종료 후 미리 설정한 홍보 문구와 이미지 등을 자동으로 문자 발송하는 서비스다. 114 마이콜백은 모바일 마케팅을 어려워하는 소상공인도 손쉽게 이용할 수 있는 앱으로 자동 홍보 문자 발송, 고객 그룹별 전화번호 관리 기능, 발송한 홍보 문자 내역 통계, 각종 소상공인 지원 정보 알림 등을 제공한다.

간편한 설정으로 발송 대상자, 요일, 시간 등을 지정하는 것은 물론 이벤트나 프로모션 시 특정 고객에게 대량 문자를 발송할 수 있어 유형별 고객관리에 효과적이다. 발송 여부와 횟수를 실시간으로 확인할 수 있으며, 발송 내용과 통계자료도 손쉽게 내려받을 수 있다.

회원 정보로 등록한 지역 및 종사 업종을 분석해 소상공인에게 필요한 맞춤 정보도 알려준다. 가령, 종로구에서 소상공인 융자 지원 정책을 시행할 경우 종로 관할 구역 내 사업장의 관련 업종 소상공인에게 알람 메시지를 전송해주는 방식이다.

이용을 원하는 사업주는 안드로이드 앱 원스토어에

서 다운로드 할 수 있고, 통신사 본인 인증만 거치면 누구나 쉽게 가입할 수 있다.

일자리 번호 안내 서비스

일자리 전화번호 안내는 02-114(서울) 이외 지역은 '지역번호+114'로 전화해 구직을 원하는 지역과 직종을 문의하며 워크넷의 채용정보를 바탕으로 맞춤 일자리 정보를 무료 문자로 제공해주는 서비스다. 한국정보원이 운영하는 고용정보시스템 '워크넷'의 채용정보 약 6만 건을 실시간으로 제공받아 활용한다.

예를 들어, '서울 은평구의 요양보호사 일자리'를 문의하면 현재 채용 중인 업체의 상호, 모집 기간, 근무조건 등 자세한 정보를 전화번호와 함께 휴대폰 문자 메시지로 보내준다. 특히 번호 안내 114는 365일 24시간 친절하게 상담사가 직접 안내하고 있어 전화 한 통이면 신속하고 정확한 원하는 일자리 정보를 문자로 전송받을 수 있다. 고용 확대 및 일자리 활성화에 도움이 되고자 2019년 6월부터 서비스를 시작했다.

🎧 114에 전화해 원하는 지역과 직종을 문의해보자

빠르고 간편한 일자리 번호 안내!
인터넷 사용이 어려운 장년층도 쉽게 이용할 수 있다.
맞춤 정보 안내지역과 직종에 따라 맞춤 안내를 실시한다.

일자리 안내서비스 이용방법

1. 지역번호+114 번호로 '일자리 정보'를 문의한다.
2. 상담원에게 구직을 희망하는 지역과 직종을 문의한다.

한국도로공사 문의도 114에서

114의 한국도로공사 관련 전화 문의는 약 20만 건 (2020년 말 기준)으로 톨게이트/ 지사/ 휴게소 전화번호 등의 문의가 상당수를 차지했다.

한국도로공사 콜센터에서 제공하는 도로공사 지사/ 휴게소 전화번호/ 미납 통행료 납부처 안내 등 문의 내용을 114 각 사가 공유하고 함께 안내하면서 긴급 상황 시에도 검색을 하지 않고도 고속도로 관련 정보를 보다 신속 정확하게 안내받을 수 있다.

또 고속도로 교통사고 및 폭설 등 비상상황이 발생한 경우에도 번호 안내 114에서 상황별 안내와 LMS 발송 등 신속한 대응이 가능하다.

일인 가구를 위한 생활 편의 전화번호 서비스

1인 가구를 위한 새로운 형태의 생활형 서비스가 등장하고 있어 각종 편의 서비스, 데이터베이스 5만여 건을 정비하고 해당 전화번호를 안내하고 있다.

무인택배, CCTV, 경비, 출장세차, 청소대행, 폐기물 처리, 중고제품 구매대여 등 114에 등록된 전문 업체 번호를 365를 24시간 연중무휴로 안내받을 수 있는 서비스이다. 무료 또는 저렴한 가격으로 이용 가능한 서울시 체육 문화시설 또한 안내한다.

지역번호+114에 전화하면 축구장, 농구장, 족구장, 배드민턴장 등 체육시설, 각종 모임 행사 취미를 위한 다목적실, 야외 바비큐장, 캠핑장 등 시설예약 가능한 전화번호를 안내받을 수 있다.

그 밖에 우편번호, 신주소(도로명주소), 각종 축제 정보, 장날 정보, 은행코드 정보, 전기차 충전소 위치 안내, 맛집, 스팸 번호 안내 등 고객들의 편의를 위한 생활 밀접형 서비스를 제공하고 있다. 114는 앞으로도 번호 안내를 이용하는 고객들에게 꼭 필요한 서비스를 제공하기 위해 최선을 다할 것이다.

전화번호 안내 114

대한민국에서 가장 오래된 콜센터 86년의 역사!

창립 이전

• 1935년 10월 1일
우리나라에 전화안내 업무 처음 도입

• 1970년~1980년대 초
전화번호부 책을 이용한 번호 안내. 고객이 114에 전화를 걸면 전화국 직원이 전화번호 책을 넘기며 번호를 안내해주는 서비스. 전산화가 되지 않은 탓에 두꺼운 전화번호부를 일일이 찾아서 안내했다. 상호나 전화번호가 변경되면 출력된 종이로 오려 붙이는 작업을 통해 수정했다.

• 1980년대
- CRT를 이용한 전산화가 되기 전에 신속, 정확하게 번호를 안내하기 위해 2,000개의 번호 암기는 교환원에게 필수였다. 컴퓨터로 전산화되기 이전에는 114 암기왕 선발 대회가 진행되기도 했다.

- 폭발적으로 증가하는 번호 안내 문의에 효과적으로 대처하기
  위해 1981년 11월 1일 서울 지역부터 114 안내 업무 전산화를
  추진했다.
- 가정마다 전화기가 보급되면서 컴퓨터를 도입해 전화번호 안내
  가 시작되었다.
- 가장 보편적인 국민 서비스로 자리 잡음

• 1991년 12월 11일
전국적으로 확산

• 2000년대 초반까지
114 이용량 폭발적 증가

창립 이후

2001년 6월 27일	KT의 114 번호 안내 서비스 사업 분사, 한국인포서비스((주) KTIS 전신) 설립
2001년 12월 31일	우선번호 안내 서비스 개시
2005년	안내업무 관리 시스템 개통

2005년 11월	114 안내 업무관리 시스템 자체 개발 후 현재까지 운영
2006년 12월 1일	114 안내 SMS전송 서비스 개시
2008년	114.CO.KR 사이트 오픈
2008년 9월	우선번호 안내 고객센터 개소
2009년 11월	KTIS 현판식
2015년	114 탄생 80주년 기념식
2020년	114ON 서비스 실시

2000년대 후반부터 스마트폰이 대중화되면서 전통적인 114 서비스 이용은 줄고 있지만, 114 전용 애플리케이션을 선보이는 등 모바일 시대에 최적화된 서비스로 114의 변신을 시도하고 있다. 앞으로 서비스 도입 100년이 될 때까지 114는 고객 곁에 남아 진화 발전하는 서비스가 될 수 있도록 최선을 다할 것이다.

걱정 말아요, 제가 듣고 있어요

초판 1쇄 발행 2021년 11월 25일

지은이 | 김연진
펴낸이 | 김윤정

편집 | 오아영
마케팅 | 김지수

펴낸곳 | 글의온도
출판등록 | 2021년 1월 26일(제2021-000050호)
주소 | 서울시 종로구 삼봉로 81, 두산위브파빌리온 442호
전화 | 02-739-8950
팩스 | 02-739-8951
메일 | ondopubl@naver.com
인스타그램 | @ondopubl